〈谷日神社〉の元神主。
神主の職を息子に譲った。
祐円（ゆうえん）

祐円の息子。現神主。
康円（こうえん）

（達吉）（たっきち）初代店主。
ー（草平）（そうへい）2代目店主。
（美稲）（みね）

堀　明　の金

〈LOVE TIMER〉
我南人（ボーカル・ギター）が率いるバンド。
ボン（ドラムス）、ジロー（ベース）、鳥（ギター）。
通称ボン。闘病の末・他界。
（東 健之介）（ひがし けんのすけ）

事仲間

伝説のロッカーは
今も健在。
いつもふらふら
している。
我南人（がなと）（69）

日本を代表する
大女優で
現在は引退。
青の産みの親。
池沢百合枝（いけざわ ゆりえ）

元大学講師。
現在は著述家。
紺（こん）（43）

才色兼備な
元スチュワーデス。
亜美（あみ）（43）

東大1年生。
研人とは幼馴染み。
芽莉依（めりい）

メジャーデビューを
控えるミュージシャン。
研人（けんと）（19）

いとこの鈴花と
同じ日に生まれる。
活発な性格。
かんな（7）

長身美形の
我南人の次男、
店を支える。
青（あお）（35）

肝の据わった、
古本屋の看板娘。
すずみ（32）

おっとりした性格。
鈴花（すずか）（7）

〈TOKYO BANDWAGON〉
研人（ボーカル・ギター）が率いるバンド。
ドラムス。
甘利 大（あまり だい）
ベース。
渡辺三蔵（わたなべ さんぞう）

仕事仲間

ブックデザイン　鈴木成一デザイン室

本書は、二〇二二年四月、書き下ろし単行本
として集英社より刊行されました。

ハロー・グッドバイ

東京バンドワゴン

ハロー・グッドバイ

東京バンドワゴン

小路幸也

集英社文庫

目次

登場人物相関図

小料理居酒屋〈はる〉

真奈美《まなみ》
美人のおかみさん。

コウ
板前。無口だが、腕は一流。

真幸《まさゆき》(4)

藤島直也《ふじしまなおや》
IT企業〈FJ〉の社長。無類の古書好き。

美登里《みどり》
すずみの親友。

常連客①

行きつけの店

高校の後輩

近所付き合い

増谷裕太《ますたにゆうた》
近所の好青年。

真央《まお》
図書館司書。

玲井奈《れいな》
裕太の妹。

会沢夏樹《あいざわなつき》
建築設計事務所で働いている。

小夜《さよ》(8)

家族同然

大山《おおやま》かずみ
引退した女医。堀田家に暮らしていたが、現在は老人ホームに。

堀田《ほった》家〈東京《とうきょう》バンドワゴン〉

(サチ)
良妻賢母で堀田家を支えてきたが、11年前、76歳で他界。

(秋実《あきみ》)
太陽のような中心的存在だったが、14年前に他界。

マードック
日本大好きイギリス人画家。

藍子《あいこ》(44)
画家。おっとりした美人。

花陽《かよ》(21)
医者を目指す大学3年生。

玉三郎《たまさぶろう》・ノラ・ポコ・ベンジャミン
堀田家の猫たち。

アキ・サチ
堀田家の犬たち。

常連客②

茅野《かやの》
古書好きの元敏腕刑事。

木島《きじま》
記者でライター。我南人のファン。

和《かず》
花陽の同級生。カフェでアルバイト中。

麟太郎《りんたろう》
ボンの一人息子。花陽のボーイフレンド。

古川に水絶えず、などと言いますね。

そのままの意味では、古くからずっとある川はそこに在り続ける理由があるからこそ、いつまでも水が流れて川としての役目を果たしているのだ、ということになりますか。

どこの街にも暗渠《あんきょ》というものがあるのをご存じでしょう。古くからある川や用水路の上に蓋をして、その上を道路や土地として利用しているものですよね。

わたしが暮らす東京の街にもその暗渠はたくさんあるようでして、今はほとんどの人がその存在さえ知らないままに上を行き交ったり、立ち止まって話をしたりして暮らしています。見えない川や水路であったとしても、水を流すという本来の存在意義で、人々の生活を文字通り下でしっかりと支えるという役目を果たしているのですよね。

本当に必要とされるものは、どんなに古くなろうとも、時代で姿を変えようともそこにしっかりと残り続けて、人々の心の拠《よ》り所《どころ》となったり、暮らしを支えるものになっているのだ、という意味の諺《ことわざ》にもなるのでしょうか。

わたしが暮らしているこの町にはやたらと古いお寺が多く、下町と呼ばれ、そこかしこに古いものがたくさん残っています。

猫がすれ違えば尻尾が壁にぶつかるような細い小路《こうじ》、苔生《こけむ》して柔らかく丸くなった石段、煤《すす》けて撓《たわ》んでも柔らかく風を通していく板塀、煉瓦《れんが》の壁に匍《はらば》う蔦《つた》、瓦屋根を伝う雨を静かに流す雨樋《あまどい》に水桶《みずおけ》。

古い風情のままに今も残り続けるというのは、そのものが陰に日向《ひなた》に人々の暮らしに役立っていて、また心持ちに何かしらの良いものを与え続けているからなのでしょう。

そういう下町で、築八十年近くにもなる今にも朽ち果てそうな日本家屋で古本屋を営んでいるのが、我が堀田《ほった》家です。

〈東京《とうきよう》バンドワゴン〉というのがお店の屋号なんですよ。

瓦屋根の庇《ひさし》にしっかりと鎮座する黒塗りの分厚い板の看板には、金文字で右から左に屋号が書かれていますが、今はもうすっかり色褪《いろあ》せています。忘れた頃にそろそろきちんと塗り直そう、いやいっそ新しいものに付けかえようという話も上がりますが、結局はそのままがいかにも古本屋の風情でいいじゃないかとなりますね。

そう、変わった名前だと思いますよね。聞いただけでは何屋さんなのかまったくわかりませんが、明治十八年の創業時、先々代でわたしの義理の祖父にあたります堀田達吉《たつきち》が、かの坪内逍遥《つぼうちしようよう》先生と懇意にしていまして命名してもらったものだとか。

その当時から今も変わらずおかしな名前と言われ続けているのですから、ある意味ではさすが坪内先生、時代を超えるセンスをお持ちだったということでしょうか。

創業時は古本屋のみでしたが、今は隣でカフェもやっています。古本屋で購入した本だけではなく、貸本としてカフェに持ち込んで読むこともできるようになっていますよ。コーヒーなどお酒以外の様々な飲み物はもちろん、モーニングセットやランチもあります。

あぁ、いけません。またやってしまいましたね。

皆様にご挨拶もしないうちからこうして長々とお話ししてしまうのが、すっかり習い性のようになってしまいました。何せ誰の目にも留まらずふわりふわりと漂っているこの身です。お行儀が悪くなっているのも一切咎《とが》められませんから、ついついこうなってしまうのでしょう。どうも申し訳ありません。

お初にお目に掛かる方もいらっしゃいますでしょうか。もう長いことわたしの話にお付き合いいただいている常連さんも、そしてお久しぶりの方も、どちら様にも大変失礼いたしました。

堀田サチ、と申します。

サチはカタカナですが、元々は咲智子《さちこ》という漢字の名前でした。

昭和二十年、終戦の年です。十八歳のときに、今では考えられないような事態に巻き込まれてここに初めてやってきましたが、その辺りの顚末《てんまつ》は以前にお話しさせていただきましたよね。

その頃からもう七十年ほどの歳月が流れましたが、たくさんの家族や縁者の皆さんに囲まれて、賑《にぎ》やかで楽しい毎日を過ごさせてもらいました。

賑やかなのはいいのですが、そこを通り越してどうにも騒がしい出来事に巻き込まれたり巻き込んでしまったりすることが多い堀田家なのです。

その一部始終をお聞きいただくのにも、まずはうちの家族を順にご紹介させていただきましょうか。

我が家は伝統的な日本家屋なのですが、正面に入口が三つもあります。初めて店を訪ねて来られる方はさてどの入口を使えばいいのかと、戸惑ってしまいますよね。

本来の正面玄関は真ん中の扉なのですが、両隣が店の入口なのでほとんど使われることのない、ちょっと不憫《ふびん》な扉になっているんですよ。

まずは、向かって左側のガラス戸を開けて中へどうぞ。

〈東京バンドワゴン〉と金文字で書かれているそこが、創業当時から変わらない古本屋の入口です。この金文字は薄れてきたなと先日また店主が書き直したのですが、少しばかり書体を変えて、いい感じだと悦に入っておりました。

創業当時のままのどっしりとした店構えではありますが、実は可動式の本棚がずらりと並んでおります。その本棚の間をそのまま奥へ進んでいただきますと見えますすね。

三畳の畳が敷かれた帳場に座り、古びた文机《ふづくえ》でいつも本を読んでいるのが、わたしの夫であり〈東京バンドワゴン〉三代目店主の堀田勘一《かんいち》です。

ご覧の通りの大柄で仏頂面にごま塩頭、地声までも大きいものですからちょっと怖そうに思えるかもしれませんが、そこは古本屋の亭主です。本に関することでしたらどんなことにも懇切丁寧に答えますし、特に女性と子供には優しいですから気軽にお声掛けくださいね。

もう米寿《べいじゅ》を過ぎた後期高齢者ではありますが、まだまだ身体《からだ》も頭も動きます。健康診断を受ければ医者も身体はまだ六十代並みと太鼓判を捺《お》すほどの健康体。実際、毎日五、六キロのウォーキングもけろりとしてこなし、自己流のストレッチで小一時間軽く汗を流しています。

九十歳を目の前にしても、四人いる曽孫《ひまご》が結婚するか一人前になるまでは絶対に死なねぇと言っていますから、案外本当に百歳を越えても矍鑠《かくしゃく》としているかもしれません。

勘一の座る後ろ、帳場の壁に書かれた墨文字が気になりますね？

〈文化文明に関する些事《さじ》諸問題なら、如何《いか》なる事でも万事解決〉

これは、我が堀田家の家訓なのですよ。

初代である堀田達吉の息子でわたしの義父である堀田草平《そうへい》は、大正から昭和に移り行く激動の世に善き民衆の羅針盤に成らんと、志も高く新聞社を興そうとしたのですが、様々な事情や世情がそれを許さず、志半ばとなりました。

けれども家業であった古本屋も、善き人々が求める羅針盤、智《ち》の地図に成り得るものだと思い直し、心機一転お店を継いだのです。

「世の森羅万象は書物の中にある」というのがお義父《とう》様の持論だったことから、これを家訓にする、とここに書き留めたそうです。

何か知りたいことがあったら本で調べるから訊《き》いてみてご覧、というぐらいの軽い気持ちだったということなのですが、これがご近所の評判になりそのうちに疑問というよりは事件の解決まで頼まれるようになり、一時期お義父様はまるで探偵のように東京の街を歩き回っていたと聞きました。

その辺りのお話も、いずれ皆様にお聞かせする機会があるかもしれません。

家訓というのは実は他にも多々ありまして、壁に貼られた古いポスターや、カレンダーを捲《めく》りますとそこここに現れます。

曰《いわ》く。

〈本は収まるところに収まる〉

〈煙草《たばこ》の火は一時でも目を離すべからず〉

〈食事は家族揃《そろ》って賑やかに行うべし〉

〈人を立てて戸は開けて万事朗らかに行うべし〉等々。

トイレの壁には〈急がず騒がず手洗励行〉、台所の壁には〈掌《てのひら》に愛を〉。そして二階の壁には〈女の笑顔は菩薩《ぼさつ》である〉という具合です。

今はその言葉さえも死語のようになり使われることもない家訓でしょうけれども、我が家では老いも若きもできるだけそれを守って、毎日を暮らしていこうとしています。

たくさんの本を抱えて本棚の間をすいすいと動いて、整理と片づけをしているのは、孫の青《あお》のお嫁さんであるすずみさんです。

大学は国文学科で卒論のテーマは二葉亭四迷《ふたばていしめい》だったという筋金入りの日本文学好きで、我が家に嫁いできてもう八年になります。ご覧の通り愛らしく明るい笑顔の持ち主で、一児の母とは思えない若々しい愛嬌《あいきょう》はまさしく看板娘ですよ。文学や古書に関しての知識量たるやものすごく、店主の勘一はもちろん、スパコンでさえ舌を巻くのではないかと言われるほどです。知識だけではなく、度胸も気っ風《きぷ》の良さも天下一品なのですよ。

どうぞ帳場の横から靴を脱いで上がってくださいな。すぐそこからが我が家の居間ですから。

大きな座卓の手前にいきなり金髪で長髪の男が陣取っていてはちょっと驚きますよね。ご存じでしたか。ロックミュージシャンというのをやっている我南人《がなと》ですが、わたしと勘一の一人息子なのです。

高校生の頃からステージに立っていて人気になり、〈伝説のロッカー〉とか〈ゴッド・オブ・ロック〉などと今は呼ばれていますよね。若い頃とは音楽の楽しみ方も随分と変わってきましたけれど、今もネットで若い方が我南人の音楽を知り、そしてお店にやってきてくださることも多いのですよ。

若い頃はツアーだレコーディングだとまったく家に居つきませんでしたが、今は孫の〈LOVE TIMER〉という自分のバンドはメンバーの死去もあり、活動を休んでいますが、カフェでアコースティックライブをやることもあります。

同じ座卓で作業している男二人は、兄弟です。

ノートパソコンでキーボードを叩《たた》いているのが、我南人の長男でわたしの孫の紺《こん》です。こちらもご存じでしたか。嬉《うれ》しいですね。

以前は大学で講師をやる傍ら古本屋の裏方をしていたのですが、ライターとして少しずつ仕事が回ってくるようになり、小説家としても近頃は連載を抱えています。ロックンローラーとして派手に立ち回る父親を持ちましたが、見た目も性格もその父を反面教師にしたかのように正反対。勘も働き知恵も回り、何が起ころうとも常に沈着冷静。石橋を叩き過ぎて壊すとも言われていますが、常に我が家の騒ぎを収めてくれる頼もしい総領息子ですよ。ただし、地味な性格と顔立ちから存在感はないとも言われますね。

その紺と向かい合って同じようにパソコンで古書データの打ち込みをしているのは、

紺の弟であり我南人の次男である青ですが、実は紺とは母親が違います。モデルさんもアイドルも裸足《はだし》で逃げ出すほどの見目麗しい容貌は母親譲りです。俳優として映画出演の経験もあり、青のファンで常連になってくださったお客様も多いのですよ。父親となり落ち着きも出てきて、今は執筆に忙しい紺に代わって、カフェや古本屋を妻のすずみさんと一緒に支えてくれています。何よりも、若い頃からいわゆるサブカルチャー関係には無類の知識を誇りますので、今も雑誌や漫画などの方面は青の独擅《どくせん》場《じょう》なのです。

はい、どうぞカフェの方に回ってくださいな。コーヒーはもちろん紅茶や各種のジュース、スムージーといったものもありますから、お好きな席でお好きなものを頼んでください。

壁に絵画や版画、写真などが飾られていますが、今はイギリスで義父母と一緒に暮らしている我南人の長女の藍子《あいこ》と、その夫のマードックさんが制作したものがほとんどです。

藍子は大学在学中に、教授だったすずみさんのお父様と道ならぬ恋に落ち、一人娘になる花陽《かよ》を授かりました。けれども、父親が誰であるかは家族にも告げずシングルマザーとして生きてきたのです。見た目も言動もおっとりしているのですが、芸術家肌というのか、熱情のようなものをその身に携えているのでしょう。

ですから、すずみさんと花陽は、義理の叔母と姪《めい》でありながらも腹違いの姉妹という複雑な関係です。

その藍子と結婚したのが、イギリス人で日本画家のマードック・グレアム・スミス・モンゴメリーさんです。

日本の美術や芸術に心魅《ひ》かれて、大学を卒業して日本に移住してきてからはご近所さんとして一緒に過ごしていました。藍子には一目惚《ひとめぼ》れだったみたいですよ。それからはまぁいろいろとありましたが晴れて結ばれ、こちらで職も得ていました。今は、イギリスにいる年老いたご両親のために、藍子と一緒に向こうで暮らしています。

カフェでコーヒーを淹《い》れている、美しく華やかな笑顔の女性は、紺のお嫁さんの亜美《あみ》さんです。

国際線のスチュワーデスとして働いていた容姿端麗、才色兼備という言葉がしっくりくるお嬢さんで、その美しさはまさしくどこの国へ行こうとも、全世界で讃《たた》えられるものだと思いますよ。そんな女性がどうして地味で大人しい紺に惚れて一緒になってくれたのかは、今もって堀田家最大の謎と言われています。

我が家のカフェはその名を〈かふぇ　あさん〉と言います。同じ家で二つ呼び名があるのもわかりにくいと、普段は〈東京バンドワゴン〉で通しています。

我南人の奥さんで、我が家の太陽とまで言われていた秋実《あきみ》さんを病で失い、暗く沈んでいた我が家をなんとかしようと、亜美さんの喝と陣頭指揮で造られたのが、このカフェなんです。スチュワーデス時代に培った人脈と、育んだセンスと経験をフルに発揮してただの物置だったところをこんなにも素敵なカフェにして、我が家を家計も含めて明るく立て直してくれたのですよ。感謝してもしきれないと、勘一はじめ皆が本当に思っています。

カフェの扉が開いて、エコバッグを提げた若いカップルが入ってきましたね。

ちょっとお使いに行ってもらっていたくるくる巻き毛の男の子が、紺と亜美さんの長男でこの春に高校を卒業したばかりの研人《けんと》です。

名前はご存じでしたか？〈TOKYO BANDWAGON〉というバンドのフロントマンで、ギターとボーカルをやっています。祖父である我南人の音楽の才能を一手に受け継いだらしく、まだ高校在学中からミュージシャンとして活動し、楽曲提供やライブでプロ並みに活動していました。いわゆるインディーズでしたが既にメジャーレーベルとの契約の話もあり、卒業と同時にプロのミュージシャンとして一人立ちしています。音楽面で素晴らしい才能を発揮していますが、小さい頃から優しく元気な男の子で、それは今もまったく変わっていません。

一緒に戻ってきた女の子は、研人の幼馴染《おさなな じ》みであり、同じくこの春に高校を卒業し大学生になった芽莉依《めりい》ちゃんです。そして、研人と結婚し夫婦となりました。ですから、わたしの義理の曽孫にもなってくれたのですね。

大きな愛らしい瞳に長い黒髪の本当に可愛《かわい》らしいお嬢さんで、しかも東大に現役合格した才女でもあります。ご両親の都合もあって高校二年生の夏休みから我が家で一緒に暮らしていました。

あぁ、今カフェにやってきて芽莉依ちゃんと話している眼鏡を掛けた女の子は、藍子の一人娘の花陽です。芽莉依ちゃんは今は花陽と一緒の部屋に住んでいます。

花陽と研人は生まれたときからずっとこの家で一緒に暮らしているいとこ同士になるのですが、名字も同じでしたから周囲から姉弟《きょうだい》なんだと思われることもしばしば。かつてのクラスメイトでもいまだにそう思っている人もいるそうですし、本人たちもほとんどそんな気持ちでいるみたいです。幼い頃は元気で活発な女の子だったのですが、医者になりたいという希望を持ってからは努力して勉強して見事医大に合格し、この春から三年生です。

先程お話ししましたが、すずみさんと花陽は異母姉妹であり、かつ義理の叔母と姪でもあるという複雑な関係です。けれどもそれは二人には何の責任もないこと。わかった当初は互いに多少わだかまりみたいなものがありましたが、今は家族として本当に仲良く過ごしています。ときには姉妹、ときには叔母と姪というのも本人同士で楽しんでいるみたいです。

庭の方で声がしましたね。車でショッピングモールにお買い物に行っていた曽孫たちが帰ってきて、二匹の犬が出迎えているようです。

一緒にお買い物に行っていたシックなパンツスタイルのご婦人は、ご紹介する必要もないでしょう。俳優業から引退はしたものの、日本を代表する女優だった池沢百合枝《いけざわゆりえ》さんです。そして、わたしの曽孫で、紺と亜美さんの長女かんなちゃんと、青とすずみさんの一人娘である鈴花《すずか》ちゃん。池沢さんは青の産みの母親なので、鈴花ちゃんとは実の祖母と孫という関係。もちろん、かんなちゃんにも分け隔てなく同じように接してくれています。

かんなちゃんと鈴花ちゃんは偶然にも同じ日のほぼ同時刻に生まれて、次の誕生日で八歳になるいとこ同士ですね。小学生にもなれば自分たちは姉妹でも双子でもなく〈いとこ〉同士であるというのは理解したようです。赤ちゃんの頃はよく似ていた容姿も性格も、もうすっかりそれぞれの個性が出ています。

いつも元気ではつらつとして、大きな瞳で笑顔が似合うのがかんなちゃん。おっとりしていてはにかみ屋さんで、涼しい目元が少し大人っぽい雰囲気なのが鈴花ちゃんです。

そして、今はもうこの家には住んでいないのですが、わたしと勘一にとって妹同然の大山《おおやま》かずみちゃん。戦災孤児だったのですが、医者となり無医村を渡り歩いて地域診療に貢献してきました。引退して戻ってきてからは、家事一切を引き受けてくれていたのですが、眼《め》が見えなくなる病になってしまい、いわゆる老人ホームへの入居を決めて昨年の夏に引っ越して行きました。

それから、かずみちゃんと同じように血縁者ではなく、お店の常連さんなのですが、藤島直也《ふじしまなおや》さんというIT企業の社長さんもいろいろありまして今では家族同然になり、我が家の食卓を一緒に囲むことも多いのですよ。そうそう、藤島さんの奥さんになったすずみさんの親友、美登里《みどり》さんも今は一緒です。

こうして家族を全員紹介するだけでも長々と時間を取ってしまいますね。血縁関係はなかったり、母親が違っていたり、すずみさんと花陽みたいに複雑な関係もあったりしますが、皆が同じひとつ屋根の下で暮らす家族なのです。

ひとつ屋根とは言いましたが、今はこの家に住んでいるのは勘一に我南人、紺と亜美さん、青とすずみさん、かんなちゃんと鈴花ちゃんですね。そして藤島さんが建てた隣のアパート〈藤島ハウス〉には、研人に、花陽と芽莉依ちゃん、美登里さん、そして池沢さんです。

それでも、朝ご飯も晩ご飯も、池沢さん以外は皆が一緒にここの居間で食べていますから、ほとんど一緒に暮らしているのと同じみたいなものです。

いいえ、忘れてはいけません。

我が家の一員である猫と犬たちは、猫の玉三郎《たまさぶろう》にノラにポコにベンジャミン、そして犬のアキとサチです。玉三郎とノラというのは、我が家の猫に代々付けられていく名前でして、数年前にも代替わりしました。今の玉三郎とノラはまだ三、四歳ほどの若い猫なので、いちばん元気に家の中を走り回っていますね。

最後に、わたし堀田サチは、七十六歳で皆さんの世を去りました。

終戦の年に不思議なご縁と出来事があってこの堀田家の敷居を跨《また》ぎ、そして勘一と互いに好き合い結ばれて夫婦になりおよそ六十年。本当に楽しく賑やかな日々を過ごさせてもらいました。

幸せで満ち足りた人生でした、と、何の心残りもなく、家族と縁者の皆さんに看取《みと》られながらゆっくりと眼を閉じたのです。

でも、何がどうしたのか気づけばこの姿になり、驚くことに自分の葬儀にまで顔を出してしまいました。そうして、この姿でずっとこの家に留《とど》まっていられるのです。家だけではなく、行ったことがある場所なら一瞬で行けますし、行ったことのない外国にも皆と一緒にになら出かけることもできました。

孫や曽孫の成長を人一倍楽しみにしていましたので、どこかにいらっしゃるどなたかが粋な計らいをしてくれているのだと思うようにしています。いつかは先に旅立ってしまった皆のいるところに向かえるとは思いますが、それまでは家族の行く末を、皆を見守るつもりです。

そうそう、幼い頃から人一倍勘が鋭い紺は、わたしがまだいることに気づいていて、見えないまでもときどきは仏壇の前などで話ができるのです。その血を引いたのでしょうか、紺の息子の研人はわたしの姿をときどき見ることができますし、妹のかんなちゃんはいつでもどこでも姿が見えて普通にお話もできるのですよ。

でもそれはわたしと鈴花ちゃんも含めて五人だけの、あ、この間、イギリスにもう一人増えて六人になってしまいましたね。秘密にしていますので皆様もお含みおきください。


ご挨拶が長くなってしまいました。

こうして、まだしばらくは堀田家の、そして〈東京バンドワゴン〉の行く先を見つめていきたいと思います。

よろしければ、どうぞご一緒に。

春　ここ掘れワンワン迷子かな

一

我が家の桜はとうに散りましたが、じめじめする梅雨はまだまだ先の五月。

吹く風も柔らかく、暑くも寒くもないこの季節がいちばん好きだという方もたくさんいらっしゃいますよね。何となくですが、晴れの日も多いような気がします。

木々や草の緑もすっかりと色濃くなり、庭の花々も競うように花開かせる季節。

我が家の小さな庭にもこの頃には芍薬《しゃくやく》や苧環《おだまき》などが花開かせますが、実はどちらも植えた覚えのない花なんです。

どこかからの貰《もら》い種か、野鳥が落としていったものがすっかり定着してしまったのですよね。

板塀の一画で年中蔓《つる》を伸ばすつるばらもその白い小さな花を咲かせています。我が家の庭ではないのですが、裏の左隣のお豆腐屋、杉田《すぎた》さんのところの庭には屋根に届くまでに育ったハナミズキがあり、その枝はこちらまで伸びて、大きな花のほのかな色がいつもこの眼を楽しませてくれます。

そういえばハナミズキの花ですが、花びらのように見えるのは実は〈がく〉なんだそうですね。わたしがそれを知ったのは随分と年を取ってからでした。植えた当人の杉田さんのおばあちゃんも知らなかったそうで、二人で話しながらちょっと驚いたのを覚えています。

我が家の庭はぐるりと板塀で囲まれていまして、愛犬アキとサチを放しても板塀を越えたりせずに、ぐるぐると走り回って遊ぶだけで心配はいらなかったのですが、今年の春はちょっと様子が違います。

裏の右隣の田町《たまち》家は取り壊されて、新しく増谷《ますたに》家と会沢《あいざわ》家として生まれ変わるのですよね。その工事のために、堀田家と田町家の庭を分けていた板塀を取り払い、資材や道具をいろいろと置けるようにしているのです。

何せ道路も敷地も狭い我が家の周りです。家を解体するからといっても大きな工事用車両などは一切入ってこられません。ですから、ほぼ人力で解体して運んでいかなきゃならないのですよ。

しかも増谷家と会沢家には余分な予算などないので、プロの手が必要なところだけはお願いして、後は概《おおむ》ね自分たちだけで解体して運んで家も建てていく計画です。いろいろとお手伝いの人が我が家の庭を出入りしますよね。大人しい犬ですから人様に迷惑など掛けませんけれども、念のために犬用のリードを括《くく》り付けた杭《くい》を打ち、アキとサチを庭に出すときには繋《つな》ぐようにしてあります。それでも、リードはかなり長いですから、今までと行動範囲は変わらないのですけどね。

犬好きのお手伝いの人たちなどは、アキとサチが出ていると遊んでくれるので、二匹とも随分喜んでいますよ。

新生活が始まった春です。

別れと新たな出会いから、ひと月あまりも経《た》ちました。

もうすっかり新生活にも慣れた頃でしょうけれど、そういえば以前は五月病などという言葉もよく聞かれましたね。

わたしが若い頃にはそんな言葉はなく、記憶ではあれですね、受験戦争などというのが囁《ささや》かれるようになった六〇年代や七〇年代、物騒な言葉ですがその戦争を勝ち抜き学校や会社に入ると、気が緩んで気力も体力も落ちるのがこの頃だ、なんてまことしやかに言われるようになったはず。昨今では、それは新しい環境でのストレスが原因の、適応障害、なんていう医学用語で呼ばれるようになったとも聞きます。

それぞれに新しい生活をスタートさせた我が家の若者たちはどうなのでしょうね。

かんなちゃん鈴花ちゃんは小学校二年生になりましたが、クラスは変わらずそのままなので、二人一緒の教室で環境も変わらずに、毎日楽しそうに学校に通っています。かんなちゃんは学校でも元気一杯で、実はクラス内でもリーダーシップを発揮しているとか。少し大人しい鈴花ちゃんも、たくさんの同級生たちの前でもきちんと自分の意見を言えるようになり、皆と仲良く問題なく過ごしているようです。

そういう話を聞くと、かんなちゃんはお母さんである亜美さんの資質をしっかりと受け継ぎ、鈴花ちゃんはお父さんである青に少し似ましたかね。今でこそ飄々《ひょうひょう》としているとか、軽い男、などと言われがちな青ですが、小さい頃は本当に大人しい物静かな男の子でしたからね。

東大に見事合格した芽莉依ちゃんも、毎日しっかり勉学に励んでいるようです。とはいえ、実はもう人妻ということでそれはちょっと同級生の皆さんにどよめかれたそうですよ。将来は国際的な仕事を、という目標がある芽莉依ちゃん。国際交流のサークルなどは大学にもたくさんあるそうで、そちらでの活動も始めたようですし、藤島さんが関わっている、各国の大学を繋ぐ若きＩＴ研究者のグループにも参加させてもらっているようです。

花陽は三年生です。医学部ですから六年間あり、まだまだ学業も半ばですが、もう二十一歳になりますから、新しい学年となっても浮かれることもなく落ち着いて勉強に精を出しています。まだ先の話ではありますが、本人は外科の方面に進みたいそうですよ。

大人たちはあれですよね。特に環境が変わるわけでもなく、ましてや我が家は全員が自分の家で仕事をしていますから、単に季節が巡ったというだけで特に変わりはありませんよね。

かずみちゃんが施設に入ってしまい、家事の分担をし直した暮らしのサイクルにもすっかり慣れましたし、何よりも子供たちが、かんなちゃん鈴花ちゃんを除いて皆高校を卒業して大人になりましたからね。受験生もいなくなり、自分のことは自分でやれますから日々の暮らしで必要以上に気を配ることもありません。かんなちゃん鈴花ちゃんでさえ、洗濯物の取り込みや自分の部屋のお掃除などのお手伝いはすっかり堂に入ったものです。

二人が最近すすんでやってくれるお手伝いは、我が家の犬と猫たちの毛の始末、ブラッシングです。

犬猫と暮らしたことのある方ならおわかりでしょうが、犬も猫も季節ごとに、主に夏冬の毛変わりがあってそれはもうけっこうなものですよね。わたしの感覚では、犬より猫の方がたくさん毛が生え変わるような気がするのですが、まぁそれは種類にもよりますでしょうか。我が家の犬猫たちは皆が短毛種ですから、そこは少し楽ですね。

犬猫の個性でブラッシングを嫌がる子も好きな子もいろいろですが、我が家に暮らす犬猫たちは総じて大人しくしています。猫の玉三郎だけはどうにもそれが嫌みたいですけれど、大人ではなくかんなちゃん鈴花ちゃんがやると、仕方なくじっとしていますよ。猫はほとんど洗ったことはありませんが、犬は定期的にお風呂場に入れて身体を洗います。二匹とも最初は抵抗しますがお風呂場に入ってしまうと観念して大人しくなります。今までは花陽と研人の担当で、近頃は芽莉依ちゃんも加わっていますが、かんなちゃん鈴花ちゃんができるようになるのも、そう遠くはありませんね。

そんな春深き五月の半ばの、晴れた日曜日。

相も変わらず堀田家は朝から賑やかに始まります。

いつものように、誰かに起こされなくても、目覚ましも使わずに自分たちで起き出すかんなちゃんと鈴花ちゃん。パジャマからささっと着替えて、二人して階段を駆け下りて、縁側を走り抜けていきます。その後ろというか横というか、一緒になって走っていったのは猫のノラでした。以前は玉三郎とノラの若い二匹がいつもついていったのですが、最近はどちらか一匹だったりどちらもついていかなかったりです。

隣の〈藤島ハウス〉の自分の部屋で寝ている研人を起こしに行くいつもの朝の光景なのですが、随分と久しぶりで二人とも一段と張り切っているように見えます。

そうです、研人と我南人がイギリスから、つい昨日帰ってきたのです。

三月下旬のことでした。我南人の盟友であり世界的ロックミュージシャンのキースさんから、研人の卒業と結婚の祝いに、自身のプライベートスタジオを提供するという連絡があったのです。そこで、研人のバンドである〈TOKYO BANDWAGON〉が、ロンドン郊外のウェンブリーにあるスタジオでフルアルバムの録音を行うべく意気揚々と向かったのですよ。

けれどもイギリスに着いた途端にマードックさんが警察の事情聴取を受け、そのままどこかへいなくなってしまうという、驚くような事件が起こってしまいました。研人も我南人も、もちろんバンドメンバーの甘利《あまり》くんに渡辺《わたなべ》くんも巻き込まれてしまって、それはもう随分と右往左往しました。

わたしも何とかしたいとイギリスと日本を行ったり来たりしていたのですが、幸いにも無事解決しました。そしてロンドンに、わたしと話が普通にできるお友達ができたのです。

かのニュー・スコットランドヤード、ロンドン警視庁にお勤めのジュン・ヤマノウエさん。警察官ではなく事務官の方なのです。藍子やマードックさん、研人たちに我南人とも知人になりましたが、もちろんわたしのことは研人以外には秘密にしてもらっています。

ジュンさんはかんなちゃんと同じで、わたしがいつでも見えて話もできるのです。しかも亡くなられたお父様は日本人なので日本語も堪能です。何でもお父様の実家は以前は日暮里《にっぽり》にあったらしいのですが、そちらとは疎遠になっているとか。いつか遊びに来てもらって、あちこちを案内してあげようと思っています。

それからは、無事にレコーディングに入り、概ね仕上がったものを配布用のCDにしたそうです。ネイキッドなどと呼ぶみたいですね。仕上げる前の、録音したそのままの音楽CDなどをそう言うのだとか。

それを持ってキースさんと一緒にロンドンやイギリス各地でチャリティライブを行ってきて、かなりの好評を博し、無事に帰ってきました。そのままイギリスで活動しないかなど、いろいろとお誘いもあったようですよ。

時差ボケもあるでしょうからゆっくり寝かせてあげてもいいのですが、かんなちゃん鈴花ちゃんがそうはさせませんよね。ずっと留守にしていた研人とたくさん遊びたいし、お話もしたいのです。

二階にいる亜美さんとすずみさんが起きてきて、台所で朝ご飯の支度を始めています。花陽に芽莉依ちゃん、そして美登里さんも〈藤島ハウス〉からやってきます。五人入っても問題のない広い台所ですが、自分たちもご飯ですよねと猫たちがいつも足元をうろうろするので、慣れないとぶつかってしまうことも。美登里さんはこの間、ベンジャミンの尻尾を踏んでしまって、シャーッ！　と怒られていましたね。

居間の真ん中に鎮座まします座卓は欅《けやき》の一枚板のもので、大正時代に新しく作ってもらったものだと聞いています。

昔から人が多く集まる我が家です。皆で料理を囲めるようにと七輪を二つ組み込めるようにしてもらった特注品。今は七輪を使うことはありませんのでそこは常に閉じたままですが、長い年月に表面は飴色《あめいろ》になり、いい風情になっています。ただ、ものすごく重いのが難点でして、お掃除のときにはいつも苦労しますよね。脚の裏側を掃除するときなどは男性陣が集まってひっくり返すのです。

離れにいる勘一が起きてきて、そのままどっかと上座に座り、かんなちゃん鈴花ちゃんが持ってきてくれていた新聞を広げます。我南人もいつものようにiPad《アイパッド》を抱えてきて下座へと。紺と青、そしてかんなちゃん鈴花ちゃんに連れられて研人もやってきます。

あぁ、今朝は藤島さんも一緒に来ましたね。日曜日なのでお休みなのでしょう。鈴花ちゃんが手を繋いでいますよ。

正式に夫婦となった藤島さんと美登里さんですが、今も毎日藤島さんが〈藤島ハウス〉へ帰ってくるわけではありません。いずれは二人一緒の家で過ごすつもりでしょうけれども、この春から〈藤島ハウス〉の藤島さんの広い部屋は、裏の家が完成するまで増谷家に貸していますからね。裕太《ゆうた》さんと真央《まお》さん夫妻に、裕太さんのお母さんの三保《みほ》子《こ》さんが三人で住んでいます。なので、藤島さんが来てもそのときは美登里さんの部屋に泊まることになっているのです。

かんなちゃんと鈴花ちゃんによる毎朝の箸を置くことでの席決めも、ほぼなくなってしまい、箸を置いたりするのは芽莉依ちゃんに任されています。芽莉依ちゃんはそれぞれの家族単位で座ることを提案しましたので、今は男性陣が立って待っていることもなくなりましたよね。

もちろん男性陣も何もしないで待っているわけではなく、台所から回ってくるお皿や何かをちゃんと運んでいます。しっかり手伝いますよ。

紺と亜美さんとかんなちゃん、青とすずみさんと鈴花ちゃん、研人と芽莉依ちゃんに、花陽と美登里さん。藤島さんはもちろん美登里さんの横ですね。

何か席決めがないと淋《さび》しいなぁ、などと研人は言っていましたけれど二人が成長したということですよ。

白いご飯におみおつけ、具は旬の蕗《ふき》に油揚げですね。小さく切ったソーセージとチーズを入れたスクランブルエッグに、春キャベツと玉葱《たまねぎ》とトマトのサラダには粉チーズを振りかけて。蕗と油揚げの煮物は昨夜の残り物をそのままですね。菜の花のヨーグルト白和《しらあ》えに、金時豆の甘煮、胡麻《ごま》豆腐の冷奴《ひややつこ》、焼海苔《やきのり》に梅干しはいつものもの。デザートのように置いてあるヨーグルトは白和えの残りで、ドライフルーツが入っています。

皆が揃ったところで「いただきます」です。

「おう、いい風が入るな」

「これはもうちょっとチーズほしいな」

「アルバムは完成したのよね？　いつぐらいに発売するの？」

「このヨーグルト、美味《おい》しいですね！」

「縁側の網戸を直した方がいいかなって。この間アキとサチが激突してたわんでいるから」

「チーズのびーる。すごいのびるよ」

「やー実はまだもう少し。こっちでやりたいことがあるんだよね」

「この豆の甘煮手作りですか？」

「はい、かんなちゃん粉チーズ」

「ヨーグルト、自家製なのよ。簡単なの」

「今日やっちゃうか。ついでに全部張り直して」

「え、いつぐらいになる予定？」

「ちがうちがう、とけるチーズだった」

「残念。でも二丁目のお総菜屋さんのものだから手作りといえば手作りね」

「髪切ってこようかなぁあ。いいよねぇえ？　今日出かけても」

「夏かなー。それまでには出したい」

「あー、そっちか。また今度ね。今度はもっとたっぷり入れるから」

「トマトはおっきい方がおいしいよね」

「あ、美容室、今休んでますよ。一週間ほど店内改装です」

「いない間に解体大分進んだよねー。びっくりしたもう二階がスケスケで」

「スケスケ？」

「スケスケってなに？」

「おい、マヨネーズ取ってくれマヨネーズ」

「けっこう若い学生さん来てるんだよ。今日も来るんじゃないかな」

「スケスケはね、ええっとね。向こうが見えちゃうよ！ってこと」

「はい、旦那さんマヨネーズです」

「小さいのはすっぱいよね」

「えー、そうかぁあ。じゃあ僕も手伝おうかなぁ解体するの」

「止《や》めておいた方がいいよ。身体動かしたいなら、網戸張りやって」

「僕、今日髪切りに行くんですけど、一緒に行きます？」

「旦那さん！金時豆にマヨネーズって！」

「何だよ、豆に卵なんだからおかしくねぇだろ」

充分におかしいですよ。甘煮の甘さにマヨネーズは、ケーキにマヨネーズをかけるようなものですよね。毎度毎度どうしてそんなふうな組み合わせを思いつくのかと、ある意味では尊敬してしまいますよ。

藤島くんの行ってる美容室かぁ、と我南人が言いながら考えます。きっとお洒落《しゃれ》で素敵なところにある美容室なのではないでしょうか。

「藤島くんは、その髪の毛カットだけぇ？」

「そうですよ」

「ひょっとして、藤島さんって天パ？」

くるくる髪の毛の研人が訊きました。研人のこの髪の毛はどうやら紺の方の遺伝のようですけれど。

藤島さんの髪の毛はいつも柔らかくウェーブしていますよね。てっきりパーマをかけているのかと思っていました。

「そうだよ。実は放っておくとどんどんうねうねしてくるんだ」

「そうだったのね。今の今まで知らなかったわ」

亜美さんが言って皆が頷《うなず》きました。まぁ研人ぐらいくるくるしていると訊きたくなりますけれど、藤島さんはごく自然なウェーブですものね。

「あぁでもいつも行ってるところだからねぇ。また今度にするよぉお」

長年通っている近所の美容室ですからね。金髪に染めてるのもそこです。いきなり変えてしまうのは可哀相《かわいそう》ですよ。

「おっとぉ」

美容室のスケジュールでも調べようとして操作を間違ったのでしょう。お茶を飲みながら我南人がいじっていたiPadから音楽が流れてきました。

渋くも柔らかく響くこのボーカルは聴き覚えがありますよ。

「聴いたことあるなその声は」

勘一もそう思ったのですね。我南人が頷きます。

「ウィリー・ネルソンだよぉ」

あぁ、あいつだったか、と勘一が言い、研人もうんうん、と首を振ってますから知っているのですね。

ウィリー・ネルソンさんは、アメリカのカントリー・ミュージックの大物ですよね。わたしでも知っていますが、さすがに研人以外の若い人はわからないでしょう。花陽も芽莉依ちゃんもピンと来ていませんね。

「確かぁ、彼は親父《おやじ》と同じか少し下ぐらいの年じゃないかなぁ」

「ほう、そうだったか」

「まだ歌っているんですか？」

藤島さんが訊きます。

「バリバリの現役だねぇ。凄《すご》いシンガーだよぉ」

「堀田さんといい勝負ですね」

「馬鹿野郎、一緒にしたら怒られるぜ。ステージやるってのは古本屋で座ってるよりはるかに大変だぞ」

確かにそれはそうですね。でも、自分と同じぐらいの年の人が今も元気でやっているというのを聞くと、また自分もその気になりますよね。勘一なら負けちゃあいられねぇなって思ってるはずですよ。

朝ご飯を終えると、いつものようにそれぞれに朝の支度が始まります。

日曜日ですから、花陽も芽莉依ちゃんも大学はありません。朝ご飯の後片づけを二人でやってくれます。亜美さんと紺が一緒にお掃除や洗濯など、家事一切をやっていきますが、お休みの日はこうして花陽と芽莉依ちゃんが手伝ってくれるので少し楽になりますよね。

何せ大人数が暮らす我が家です。お掃除ひとつ取ってもなかなかの大仕事。毎日入るお風呂は大きいですし、トイレだってお店のものを含めれば三ヶ所あります。洗濯物も溜《た》まってしまうと大変なので毎日洗濯機を回します。今でこそ子供たちも大きくなりましたから手伝ってくれますけど、藍子と紺と青が小さい頃から洗濯物が本当にたくさんありますよね。

カフェの準備を取り仕切るのは青とすずみさん。日曜でもモーニングはやっていてご近所のお年寄りの方々がよく来てくれます。平日と違って出勤前の方が来ることはほとんどないので、少しのんびりとできますよね。

美登里さんはうちのことなどはやらなくてもいいのに、これからの自分の仕事にも役立つからと、お休みの日にはこうしてカフェの手伝いを少ししてくれます。そして、ものすごく仕事ができる方なので、その気になればカフェの運営から経営まで全部自分でやれちゃうぐらいですよね。亜美さんも感心していました。

古本屋の店番は勘一だけで間に合いますし、開店準備というのもほとんどありません。ただ、お店の電気を点《つ》けて、表のガラス戸の鍵を開け雨戸を引くだけですからね。五十円百円の本を売るワゴンは、紺が店先に出します。

家事がある程度片づいたのなら、細かいところは紺に任せて、亜美さんはカフェに回り、すずみさんは古本屋に移るというのが毎日のパターンです。皆が家の仕事の全部を把握していますから、何も打ち合わせしなくても自然とできます。

「おはようございます！」

「おはようございまーす！」

「おはようございまーす！」

カフェの雨戸を青と一緒に開けて、かんなちゃん鈴花ちゃんがお客様にご挨拶。

毎日のことですけれど、二人に会いたくてやってくるお年寄りのお客様も本当に多いのですよ。学校がある平日はやってきた常連さんに挨拶して少しの間話をするともう登校ですけれど、お休みの日は二人が飽きるまでお手伝いできますからね。

来る度に二人におやつを持ってきてくれる人もいらして、二人が朝お店に顔を出すようになってからおやつを買う頻度が減りましたよ。ある意味では家計も助けてくれていますね。そして二人とも今のところ食べ物のアレルギーがないのでそちらも助かります。

「はい、どうぞー。ごちゅうもんはモーニング〈さくらセット〉ですかー？」

「はい、どうぞー」

二年生、七歳にもなると注文を受けたりお冷やを運んだりするのもしっかりできるようになりました。判読し辛《づら》かった注文のメモ書きも、今ではちゃんと読めますよ。まだ字が大きいですけどね。

カウンターの中で注文の品を作るのは青とすずみさん、ホールではかんなちゃん鈴花ちゃん、さらには花陽と芽莉依ちゃんに美登里さんと、我が家は看板娘たる人材が豊富でしょうがありませんね。

ほとんど何もしないのは我南人と研人。それは以前からなのですけれど、二人とも指が大事な商売道具ですから台所仕事などはあまりやらせません。指を怪我《けが》でもしたら、商売上がったりになってしまいますから。でも、二人にはかんなちゃん鈴花ちゃんのことを任せることも多いですよね。それはそれでとても大事な役割です。

今日のかんなちゃん鈴花ちゃんは特に予定などありませんが、きっとこの後は〈藤島ハウス〉にいる夏樹《なつき》さんと玲井奈《れいな》ちゃんの一人娘の小夜《さよ》ちゃんと、行ったり来たりして遊ぶことでしょう。会沢家も、建築設計事務所で働く夏樹さんはお休みですけど家の解体作業がありますからね。お家が完成するまでは、お休みの日もお出かけとかは少し我慢みたいです。

勘一がどっかと古本屋の帳場に腰を据えると、今朝は花陽がお茶を持ってきてくれました。

一年中いつでもまず熱いお茶を飲まないと一日が始まらない勘一。その熱さは持ってくる方も火傷《やけど》しないよう、こぼさないように気をつけるほどです。

「はい、大《おお》じいちゃんお茶」

「おう、ありがとな」

からん、と、古本屋のガラス戸の土鈴《どれい》が鳴りました。

いつも大体このタイミングでやってくるのが、勘一の幼馴染みで近所の神社の神主だった祐円《ゆうえん》さんです。今は引退して息子の康円《こうえん》さんに全てを任せて悠々自適の隠居生活。朝が早いもので、ほとんど毎朝一日の始まりに、こうして我が家にやってきてひととき勘一と話し込んでいきます。

「ほい、おはようさん」

ふくよかな丸顔につるつるの頭は、神主よりはお坊さんのイメージですよね。この辺りはお寺がやたら多いので法衣姿の僧侶の方々を見かけることもしばしばです。ですから、祐円さんのことをお坊さんと思っているご近所の人も多いんですよ。

「おはよう」

「おはようございます祐円さん」

いつも大抵はものすごくラフな格好をしてくるのですが、今朝は白シャツに春物のベージュのカーディガンにスラックスと、年相応なスタイルですね。履いているのが草履というのがあれですけれど。

「何だよ、妙に大人しい格好じゃねぇか」

「普通だろうこれが」

「おめぇが普通だと何かあったかと心配になるぜ」

暑くなってくると、お孫さんに貰ったものだというものすごく派手なTシャツとか短パン姿で現れますからね。

「祐円さん、お茶にします？　コーヒーにします？」

「おっ、悪いね。熱いコーヒーを貰おうかな。何だか花陽ちゃんの顔を見るの久しぶりだな」

「そうですね」

毎日通っていても、平日は花陽はすぐに大学に行きますからまったく顔を合わせないこともありますよね。

「何だかよぉ」

祐円さん、花陽の後ろ姿を見て言います。

「今年は三年生か花陽ちゃん？　二十一になるのか」

「そうだな」

「もうすっかり大人の女性になっちまって、淋しいな」

「おめぇに淋しがられても花陽も困るぜ」

我が家の子供たちを、全員生まれたときから知っている祐円さんですからね。そういう気持ちになるのはわかります。

「もう俺らはよ、あの世に行ってから皆に淋しがられるように、せいぜい大騒ぎしながら残りの人生を生きなきゃよ」

「騒ぐのかよ」

騒ぐのはどうかと思いますが、でもそれもひとつの人生の終わらせ方にはなりますでしょうか。

「騒ぐっていえばよ、こないだYouTube《ユーチューブ》観《み》てたらよ、昔のアイドル、ほら三条《さんじょう》みのるよ」

「おお。北《きた》ちゃんな」

「そうそう、我南人の同級生だったよな。あいつのステージのやつがあってな。いやぁ懐かしくてな。あいつは本当に綺麗《きれい》な顔をしてたよな。今でも充分に通用する」

勘一が微笑《ほほえ》んで頷きました。そうでしたね。三条みのること、北稔《みのる》くん。我南人のバンド〈LOVE TIMER〉のいちばん初期のメンバーでした。でも、高校のときにスカウトされてアイドルになったんですよ。

「そうだったな。懐かしいな。しかしおめぇはYouTubeとかそんなの観てるのかよ」

「観てるさ。何でも観るぜ。今はいいよな、ネトフリとかで昔の映画を簡単にバンバン観られてよ」

Netflix《ネットフリックス》も観ているんですね。祐円さんも若いですよね。

「そういえば三条みのるはあれだったたか。まだ若いうちに亡くなっちまったんだったたか」

「あぁそうだ。可哀相にな」

もう随分昔になってしまいましたね。まだ三十代の若さで病死してしまったんです。お葬式には我南人はもちろん、わたしも出てきました。奥さんになった、秋実さんの親友だったキリちゃんとも、秋実さん亡き後には疎遠になってしまいましたけど、お元気でいるでしょうかね。

「おはようございますっ！」

元気な女の子の声が裏の玄関から響いてきました。

ふわふわのショートカットでいつも笑顔で元気な、花陽の大学の同級生で仲良しの君《きみ》野和《のかず》ちゃんです。快活という言葉を全身で表現しているような女の子なんですよ。この子が女医さんになるのかと思うと、今から本当に楽しみなんです。きっと患者さんの心も身体も元気にしてくれますよ。まぁわたしはそもそも身体がないので診てもらうこともできないのですが。

勝手知ったる我が家です。さささっと居間からカフェの裏へ回っていきます。

「おはよう和ちゃん。朝ご飯食べた？」

「まだですけど、大丈夫です！」

「食べなきゃダメよー。ほらまだバイトはいいから座って」

すずみさんが居間の方を指差します。お休みの日だけバイトにやってくる和ちゃんですけれど、日曜日の朝一番のモーニングはお客様が平日よりはかなり少ないですからね。わりとのんびりと過ごせます。和ちゃんがいなくても、花陽も芽莉依ちゃんもいますしね。

もうかんなちゃん鈴花ちゃんはカフェからいなくなっています。美登里さんと藤島さんと一緒に〈藤島ハウス〉の方へ行きましたから、小夜ちゃんのところへ遊びに行きましたかね。それともお祖母《ばあ》ちゃんである池沢さんの部屋へ行きましたか。

「和ちゃんお粥《かゆ》にする？　何にする？」

花陽が訊きます。

「あ、自分でやるからいいよ。ありがとう」

「ゆっくりしてていいよ。今日はわりと暇」

和ちゃんが慌てて手を洗って、自分でカフェのお粥のモーニングセットを作ります。

朝早いですからね。和ちゃん、もっとゆっくり出勤して来てもいいと言っているのですが、忙しいモーニングに間に合わないとバイトをする意味がないと、前の晩に来て我が家に泊まっていった方がいいのじゃないかと思うぐらい早くに来てくれますよね。

日曜日が忙しくなるのはむしろこれからです。

カフェは相変わらず売り上げが良く、今やそのほとんどは研人の人気のお蔭《かげ》なのですよね。〈TOKYO BANDWAGON〉のボーカルである研人の家はここだというのは知られていますので、お休みになるとファンの方が本当にたくさんやってきてくれるのです。

そして〈TOKYO BANDWAGON〉はグッズの販売も始めたのですよ。

話には聞いていましたが、我南人の時代とは違って最近のミュージシャンの方々は、CDだけじゃなくて自分たちのグッズをたくさん作ってそれを販売して利益を上げているのですね。

考えてみれば野球とかサッカーなどのスポーツもそうですよね。タオルとか団扇《うちわ》とか応援グッズを販売しています。青はサッカーが大好きで、イタリアかどこかのチームのユニフォームなどを持っていました。

研人たちも、Tシャツとキーホルダー、その他にもこれからいろんなものを作っていく予定だとか。ネット通販の他にカフェのカウンターでもサイン入りグッズやCDを販売していますけど、あまりにも種類が増えるようなら古本屋の一画にコーナーを作るかって話をしています。

居間には我南人と研人がまだいます。きっとアルバムの仕上げをするスタジオの話とかをしていたのでしょう。和ちゃんが自分でお粥のモーニングセットを持ってきて、お邪魔しますと座卓につきました。

「日曜でゆっくりしたいのにバイトって、大変だよねぇ」

我南人に言われて、和ちゃん、ちょっとだけ苦笑しました。

「いただきます。でも、バイトしないと自由になるお金もあまりないので」

「そうかぁあ」

和ちゃんの実家は静岡で喫茶店をやっているんです。確か名前はそのまま〈喫茶きみの〉。もう三十年ほども続けられているそうですから、地元で長く愛されている喫茶店なのですよね。とはいえ、東京で医大に通い、一人暮らしをする娘にそうそう贅沢《ぜいたく》に仕送りできるわけではないみたいです。

「裕福じゃないですからね。大学に通わせてもらっているだけでもういっぱいいっぱいなので」

「うちのバイトじゃ高い時給もあげられないしなぁ」

研人です。確かにそうなのですよね。

「でも、時間が自由に決められるのが本当に助かるんですよ。そうじゃないと勉強の時間も取れなくなっちゃうので」

花陽も言ってましたけれど、勉強が大変な医大生とはいえアルバイトはけっこう普通らしいですね。時給がよい家庭教師が人気だそうですが、やっぱり時間が自分で調整できる居酒屋とかでする人も多いとか。花陽の場合は実家から通っていますし、お小遣いも貰っているので、かなり楽な立場なんだと言っていましたね。

「あの、我南人さん、ちょっと疑問に思っていたんですけど」

「古本屋はあれですけど、カフェがもっと遅くまで営業しないのはどうしてでしょう？　この辺って、素敵なお店もたくさんできてきて、夜遅くまで人通りも増えてきてるんですけど」

「うぅん」

我南人が首を捻《ひね》ります。

「いつもその話は出るけどね」

研人が言います。

「大した理由はないと思うけどぉ、ねぇえ亜美ちゃん」

「はい？　なんですか？　お義父さん」

ちょうど縁側から居間に入ってきた亜美さんに我南人が訊きます。

「カフェが夜遅くまで営業しない理由はぁ？」

亜美さんもちょっと首を捻りました。

「そんなに大層な理由はないんですけど、やっぱり子供たちのこともあったし、何よりも家訓でしょうかね」

「そうだねぇ」

「家訓、ですか？」

「なぁにぃ？」

和ちゃんがちょっと首を傾《かし》げます。

「我が家にはねぇ、〈食事は家族揃って賑やかに行うべし〉っていう家訓があるんだぁ。だからぁ、昼はしょうがないとしてもぉ、朝は皆眠くても起きて来るし、夜は店を閉めちゃって一緒に食べるんだよねぇ」

「昔はな」

話が聞こえてきたんでしょうね。勘一が古本屋の帳場からひょいと顔を出して和ちゃんに言います。

「皆で晩飯食った後にな、また店を開けたりしたこともあったんだけどな」

ありましたね。古本屋もそうですし、カフェもオープン当時にはそうしたこともありましたよね。

「そうなんですね」

「結局は、開けても大した売り上げにはならねぇからってそのままになっているんだよな」

「カフェはねー」

亜美さんです。持っていた洗濯物を置いて座りました。

「やっぱり遅くまでやった方がいいんじゃないかって話は思い出したようにしますけどね」

「夜はバーにするって話も出たりしてたよね」

研人です。

「でもそうしたら酒飲みが集まってきて、古本が酒臭くなるって大じいちゃん言ってたよね」

「そうさな。これで意外と古本ってのは周りの匂いを吸うんだよ。コーヒーの香りならまだそんなに気にならねぇんだが、酒となると途端に違う匂いを醸し出してな。まぁ売りもんが酒臭いってのはちょいといけねぇよな」

「あ、なるほど」

「ライブはねぇ、たまにやるからそのときは遅くまでやってるけどねぇえ」

和ちゃん、そうなんですねー、と納得したように頷いています。

ただ最近は研人のバンドのアコースティックライブがやりにくくなっていますよね。ありがたいことに人気が出ているものですから、人が入り過ぎて、外まで並んでしまってご近所の迷惑になるのですよ。我南人や、我南人の友達の皆さんのライブなどはちょうど良い感じなのでよくやっているのですが。


九時を回って、カフェのモーニングのお客様も落ち着きました。

家事を一通り終えた亜美さんと、和ちゃんがカフェに入ったので、すずみさんは古本屋に移って買い取り本の整理を始めています。

これはいつも帳場の横で行うのですが、買い取るときにはやはりお客様をあまりお待たせしては何なので、ざっと八割勘定のチェックしかしないのですよ。大体はそれぐらいのチェックで何の問題もないのです。でも、後からきちんとすべてのページを点検すると意外と出てくるのですよね。

美本だと思っていたらどういうわけか真ん中の一枚だけきれいに破られていたり、しおり紐《ひも》がちぎれていたり、本の間にメモやら写真が挟まっていたり、普通の本だと思っていたら著者のサインが変なところに入っていたり。まぁいろいろあります。

そういうのをチェックして、きちんとした売り物にならない本は、それなりに処理をします。たとえば、一枚だけ破られていた本などは、同じ本を探してその二ページだけコピーして見栄え良く貼り付け、施設や病院などに寄付する本に回したりします。

どんな本でも、きっと何らかの役に立ちます。決して簡単に捨てたりはしません。

古本屋のガラス戸が開きました。入ってきた背の高い男性は夏樹さんですね。

「おはようございます」

「よぉ、おはようさん」

「おはよう夏樹さん」

田町さんの家を借りて、増谷家と一緒に住んでいた会沢夏樹さん。今は家が完成するまで〈藤島ハウス〉の管理人室に、玲井奈ちゃんと小夜ちゃんと三人で住んでいます。

夏樹さんの後ろにもう一人、女性がいらっしゃいますね。どなたでしょうか。作業着姿なので、たぶん家の解体作業を手伝ってくれる人だとは思いますけれど。

「これから作業か？」

「そうなんですけど、一人仲間を紹介しようと思って」

後ろの女性が、ぺこんと頭を下げます。今はショートボブと言うんでしょうか。おかっぱ頭に近い髪形の、笑顔が愛らしい女性ですね。

「初めまして、久田《ひさだ》と申します。久田かおりです」

まだお若いですよね。小柄な方で、背の高い夏樹さんと並ぶとまるで大人と子供にも見えてしまいます。

「こりゃご丁寧にどうも。ここの主《あるじ》の堀田勘一です」

「いつもお世話になっております。あの、うちの社長もきちんとご挨拶をと」

「社長、ってのは？」

「実は久田、うちの事務所の新人なんですよ。去年入ってきたんです」

「おぉ、そうだったのかい」

〈矢野《やの》建築設計事務所〉の社員の方でしたか。では、夏樹さんの同僚で後輩になるのですね。じゃあ立ち話もなんだから、居間へ上がれと勘一が言います。

「そのまま作業に入るならうちの庭から行った方が早いだろ。靴も持ってけよ」

「あ、そうします」

よくそうしていますよね。うちの縁側から入った方が庭で作業しやすいこともありますから。二人して作業靴を手にして居間に上がってそのまま縁側へ向かい、踏石の上に靴を揃えて置いてから、座卓につきました。

一通りの家事を終えた紺がもう居間にいましたから、お茶を淹れて持ってきてくれましたね。挨拶を交わします。

「久田かおりさんか。お名前の漢字は？」

「あ、久しい田んぼに、ひらがなでかおりです」

「じゃあもう矢野さんのところに入社して一年になるんだな？　今までうちに来たことなかったけどよ」

「いや、それがですね」

夏樹さん、ちょっと顔を顰《しか》めます。久田さんも少し困ったような顔をします。

「実は、久田、入社初日に交通事故に巻き込まれてしまって」

「交通事故ぉ？」

「それがもう本当に重傷で、リハビリとか含めて結局一年近くも仕事に復帰というか、仕事始めすらもできなくて」

まぁ、それは何て可哀相なことに。勘一も眼を丸くしています。

「そりゃあ、災難だったなぁ。今はもうすっかりいいのかい？　まぁいいから現場に来たんだろうけどよ」

「はい、もうすっかり。手や足の骨を折っちゃったんですけど、もう普通に荷物を持ったり走ったりできます」

解体作業に来たんですからね。すっかり治ったのでしょうけれど、まぁそんな小さい身体でね。大変でしたね。

「どこで事故に遭ったんだい。事務所の近くか？」

「それが」

ちょっと笑いましたね夏樹さん。

「笑っちゃいけないんですけど、久田、入社初日から迷子になっていて」

「迷子？」

「事務所とはまったく反対方向の大通りで、ブレーキ操作を間違った軽自動車がコンビニに突っ込んで、それに巻き込まれたんですよ」

久田さん、恥ずかしそうに苦笑いですね。

「迷わなかったら事故にも遭わなかったって話かい」

「そうなんですよね。困ったもんだって自分でも思うんですけど、本当に超が付くほどものすごい方向音痴なんです。入社前にも来たことあるし、何度も地図を確認して住所まで覚えているのに間違えてしまって」

方向音痴ですか。いらっしゃいますよねそういう人は。

我が家では、藍子が若干その気味がありますね。どこかのお店を出て家に戻ろうとしてまったく逆方向へ歩き出すことなんかよくありましたよ。

久田さんはそれが超ものすごいんですね。

「それで入社から一年遅れかい。まぁ無事に回復して良かったたってもんだな」

「でも久田、凄い才能があるんですよ」

「才能？」

「ダウジング、できるんです」

「ダウジング？」

「金属の棒をもって地中の水脈とか、鉱脈を探し当てるやつだね。水道管を探すのにも使われることがあるらしいよ」

紺が頷きながら言います。

「怪しいのもたくさんあるけどね。でもかなり信頼できる人もいるんだよ」

「そうなんです。久田のは本物なんですよね。俺も矢野社長も何度も確認したんですけど、簡単に地中に埋まっているものの場所を当てちゃうんですよ」

「そりゃあ凄いな。後々、建築の仕事にも使えそうなんじゃねぇか？」

「久田さんは、その自分の感覚が説明できるの？」

紺が訊くと、久田さん大きく頷きます。

「私の場合は、あれなんです。空間認識力、なんて言いますよね」

ふむ、と勘一頷きます。

「あれだな、３Ｄを感覚的に把握できるってもんだな」

「そうです。私の場合はそれが鋭いらしくて、目隠ししてどこかの部屋に入っても、大体の広さがわかったりするんです。だから、ダウジングに関してもその感覚が働くんだと思います」

空間認識力がですか。

「そうか、地中の空間を認識できるんだ。水道管が走っているところにスペースがあるのを感じ取れるように」

ポン、と座卓を叩いて紺が言います。

「そうなんです。その感じたものが腕の微妙な筋肉の動きを誘発して、ロッドを動かすんじゃないかって自分では思っています」

「筋肉の動きは結局は電気信号だからね。金属棒を持っていれば動いても不思議じゃないって僕も思ってる」

紺が納得していますので、これは信憑性《しんぴょうせい》が高い能力なんでしょうね。

「な一るほど。そこまで自分でわかってるんなら信頼できるってもんだな」

「でも、建築に役立つかどうかは微妙なんですよね。空間を認識する前に寸法をちゃんと測れって世界なんで」

笑いました。それは確かにそうですね。

「それで」

久田さん、何かもじもじしていますね。

「このお店にも、地下室ってあるんでしょうか。狭い感じですけれど」

勘一と紺が驚いたように眼を丸くしましたね。

「え、感じたの？」

「さっき、お店に入ってきたときから、何かあるんだろうけど、普通の地下室とは違う感じなので、ちょっと変に思って、何なのだろうって」

勘一も感心したように頷きました。

「こりゃあ驚いた。久田さんのそいつは本物だよ。俺が保証する」

勘一が保証してもどうしようもないのですけれど。

「地下室なんてあるんですか？　聞いたことなかったですけど」

夏樹さんが訊きます。

「秘密でも何でもねぇんだけど、あえて言うこっちゃないんで教えてもいいねぇけどな。実はそこの帳場の下からうちの蔵まで地下道が通ってんだよ」

「地下道ですか」

そうなのです。あるんですよ。以前藤島さんや元刑事の茅野《かやの》さんたちが店の留守番をしてくれたときに、かずみちゃんとその話になったと言ってましたね。

かずみちゃんも小さい頃にはその穴に入ったことありましたよね。わたしも、戦後すぐの頃、様子を見ただけですけど、入ったことがあります。

「もう何十年も放っておいてっから潰れてるかもしれねぇけどな。その昔にな、明治の頃だよ。政治的な弾圧から文士や思想家を匿《かくま》ったり逃がしたりするためのものを造ったのよ。俺の祖父《じい》さんがな」

ははぁ、と夏樹さんも久田さんも頷きます。

「何となく、マンガとかで読んだことありますそういうの」

「私も、映画とかで」

「店に入ってきたときに久田さんが感じた地下の何かっていうのはその空間だよきっと」

「そうだったんですね！」

本当に大したものですね。いつかそのうちに仕事でその力で大活躍することがあると思いますよ。

二

月曜日の朝です。

今日もきれいに晴れ上がりまして、気持ちの良い週の始まりですね。

いつものように賑やかな朝ご飯が終わり、カフェのモーニングにやってくるお客様に挨拶すると、かんなちゃん鈴花ちゃんは隣の小夜ちゃんも一緒に小学校へ元気に登校していきました。

花陽も芽莉依ちゃんも同じく大学へ。

花陽の大学はうちからは少し離れていますが、芽莉依ちゃんの東大は、まぁご近所といえばご近所みたいなものですよね。なので、花陽は電車で、芽莉依ちゃんは歩いてもしくは自転車で通っているのです。

そして、花陽は可能なときには待ち合わせてできるだけ芽莉依ちゃんと一緒に帰るようにしているみたいです。

と言いますのも、研人がものすごく人気が出てしまい芽莉依ちゃんがその妻というのも知られているので、変なのが寄ってこないようにしているんだとか。あんなにも可愛い東大生で人気ミュージシャンの妻なのです。わけのわからないマスコミ関係とかネット関係の有象無象が近づいてこないわけがないですからね。

大人たちはそれぞれの仕事を始めています。

カフェはカウンターに亜美さんとすずみさん、ホールは青です。古本屋は勘一で、紺は今日は一人で家事一切を終わらせ、その後自分の仕事を。美登里さんももちろん自分のお仕事であるＮＰＯの事務所へ出勤して行きました。

我南人と研人はいつものことですが、自由です。研人は自分の部屋へ行ったようですが、我南人は縁側のところでのんびりと、乾いた洗濯物を集めてざっくりと整理していますね。ざっくりとやっておけば、後はそれぞれが自分のところへ持っていきます。かんなちゃん鈴花ちゃんが学校に行くようになってからは、こういうこともするようになりましたよ。

「おはようございます！」

「あぁ、おはよぉぉお」

庭に姿を現したのは、昨日挨拶に来てくれた久田さんですね。その他にも三人、若い学生さんのような男性が次々に挨拶してくれます。

「矢野さんとこの、久田さんかなぁあ？」

「はい！　そうです初めまして！　現場、入りますのでよろしくお願いします」

「は〜い、頑張ってねぇえ」

　動きも軽やかに、裏の解体現場の方に向かっていきます。

　裏の田町さんの家、今はもう〈増谷家・会沢家新築工事現場〉なのですが、長いので田町家と皆呼んじゃいますね。

　解体も建築も自分たちでできるところは全部自分たちでやる、という形です。なので、平日にやってくるのは、矢野さんの事務所で頼んだ、勉強のために無償でやってくる建築関係の学校の学生さんとか、大工さんの技能講習をしている会社からの人員なのですよ。現場作業を自分たちでできるというのは、先方にとってもいい実習になるので、入れ替わり立ち替わり人がやってきます。

　そういうときには指示をしに夏樹さんが来ていたのですが、これからしばらくは久田さんが毎日来るそうです。それもこれも社員としての研修の一環だとか。そもそも久田さんは大学院を卒業した二級建築士なのだそうですが、現場のこともわからないと設計だってしっかりとできないですからね。そして、一級の資格を取るためには実務経験が必要だとか。

　夏樹さんも、高卒で実務経験を重ねて猛勉強して、二級取得を目指していますよね。その他にもわたしは知らなかったのですが木造建築士という資格もあって、それを持っている人は、小さい木造建築の住宅なら設計して家を建てられるんだそうですよ。

解体は、たとえ木造住宅で重機を使わないでほぼ人力でやるとは言っても、ときどき大きな音や埃《ほこり》は出ます。もちろん、ご近所さんにはきちんとご挨拶をしています。増谷家も会沢家ももう何年もご近所さんとしてちゃんとお付き合いしてきて皆さんもわかっていますからね。大丈夫ですよ。

お昼になりました。

カフェも古本屋も営業中なので、それぞれ交代でお昼ご飯を食べるようになっている我が家ですが、今日のお昼ご飯は牛丼のようです。もう既にお肉と玉葱は鍋に煮込んでありますしご飯は炊飯器でちゃんと炊いてあります。それぞれ食べる人が食べる分だけ温めて食べるというういちばん簡単な方法です。

勘一と我南人と紺が先に食べるようです。古本屋は店番がいなくても、居間から見えますから大丈夫です。カフェはランチの時間になっているので、亜美さんとすずみさんと青がフル回転しています。後で我南人も交代で入るそうですよ。

「おう、久田さん」

居間で勘一が、手荷物を持って庭を横切ろうとしていた久田さんに声を掛けました。

「昼飯か？」

「はい、そうです」

職人さんたちは十二時からきっちりお昼休みを取りますからね。久田さんもそうしているんでしょう。

「弁当か？　一人で食べるならうちに上がっていけよ。お茶ぐらい出すからよ」

「いいんですか？」

「もちろんよ。ほら、縁側から上がれ上がれ」

お昼も休憩もうちに上がってもらっていいですよね。どこかに行ってしまう方が淋しく感じちゃいますよ。

「毎日来るんなら、ここで昼飯と休憩取っていけよ。うちは全然構わないからよ」

「そうだよぉ、歓迎だねぇ。平日の昼間は年寄りしかいないからねぇうちは」

確かに居間はそうかもしれませんが、亜美さんとすずみさんが聞いたら怒りますよ。

「じゃあ、遠慮なく」

「どうぞどうぞ」

久田さん、お弁当は自分で作ったそうです。なかなかのものですね。料理は得意なんだとか。建築士で図面も引くんでしょうから手先はきっと器用なんでしょう。

皆で座卓について、お昼ご飯です。紺が牛丼の他に、具だけ皿に盛って持ってきました。牛丼店でいうところの牛皿というものですね。久田さんに勧めます。

「あの、今日お話ししようと思っていたんですけど」

「なんだい」

「昨日、初めて来たときにも思い出したんですけど、私、ここにお邪魔したことあると思うんです」

「ここ、ってうちにぃ？」

初めて来たのに、思い出したんですか？

「なんだいそりゃ。例の空間認識力とかか？」

「いえ違います違います」

ぶるんぶるんと首を横に振ります。久田さん、動きがいちいち大きいのですが、身体が小さいのでそれが可愛らしく感じるのですよね。子犬が喜んでいるみたいです。

「実は私、小さい頃にこの近所に住んでいたんです」

「そうなの？」

家の事情で、小学校一年生のときにここから引っ越した、と言います。今のご実家は埼玉にあるとか。

「え、じゃあそのときの小学校は僕らと同じ？」

「たぶんそうです」

同じでした。本当に同じ学区内のご近所さんだったんですね。

「それで、言いましたけど凄い方向音痴で」

聞きましたね。

「恥ずかしいんですけど駅からここまで来るのにも朝、迷ったんですよね」

駅からですか。我が家の前の道は駅までの近道になっていて、道なりに来れば着きますよね。

「まっすぐ来りゃあ着くのに、何で迷うんだい」

「何ででしょうね。それがわかったらきっと方向音痴も治ると思うんですけど」

確かにそうですね。

「それで一年生のときです。向こうの公園で遊んでいて家までの帰り道を迷ったんじゃないかと思うんです。よく覚えていないんですけど。でも、気がついたら、たぶんここのお庭にいたんです」

「庭に」

向こうの公園であれば、確かに小道を抜けてくれれば我が家の庭に辿《たど》り着きますね。

「間違いないと思います。あの蔵も桜の木も、縁側も覚えてるんです。そこに座っていた自分も。誰か、お母さんのような人がいて、困っていた私を助けてくれたんです。きっと住所がわかるものとか持ってなくて、自分でも言えなくて、しばらくあちこち電話とかしてくれていて」

お母さんのような人、ですか。

勘一と我南人と紺が三人で顔を見合わせました。

「誰だろう」

「久田さんが小学一年の頃ってことは、六歳か七歳か？　今は幾つだったか訊いてなかったな」

「今年二十五になります」

「すると、十八年前ってことはぁあ」

我南人も紺も勘一も、頭の中で数えているのがわかります。

「まだ、おふくろも、そしてばあちゃんも生きていたよね。藍子は二十五、六歳か」

紺が言います。そうですね。藍子もそれぐらいの年になりますか。

「二十五、六ならぁ、子供には充分お母さんに見えるよねぇ。実際、花陽がいたんだしい」

「花陽は？　まだ二歳とか三歳になる頃か」

「そうだねぇえ、可愛かったよねぇ」

今でも可愛いですよ花陽は。

「他に何か覚えてねぇか？　そのお母さんみたいな人の格好とかよ。着物は着ていなかったかい」

「着物ではないですね。洋服で、あ、眼鏡を掛けていました！」

眼鏡を掛けていたのなら。

「おふくろだ」

「秋実さんだ」

「秋実だねぇ」

三人でそれぞれ同時に言いましたね。

秋実さんですよ。間違いありません。わたしも藍子も眼鏡は掛けていませんでしたから。秋実さんも若い頃は使っていませんでしたが、確か藍子を産んだ頃から掛け始めましたよね。

「そうかぁあ、秋実とねぇ」

久田さん、小さく頷きながら少し眼を細めます。

「あの、さっきお母さんも生きていたって仰《おつしや》ってましたけれど、ひょっとして」

そうなんだ、と、紺は頷きます。

「久田さんを助けたのはたぶん僕の母でね。病気で、もうすぐ十四年になるかな」

仏壇の方を見ました。もうそんなになりますか。久田さんが少し顔を曇らせました。

「あの、すみません。じゃあお線香を上げさせてもらっても」

「あぁ、ありがとうございます」

久田さんが紺について仏間に行き、そこに飾ってある写真を見ました。

「この方です。間違いないです」

秋実さんの写真を見て、言います。やっぱりそうだったんですね。仏壇の前で手を合わせてくれます。秋実さんならきっと覚えていますよね。今頃、あのときの女の子ね！と喜んでいるんじゃないでしょうか。

「堀田秋実。僕や青の母親だよ。もう一人藍子っていう僕の姉がいるけど、今はイギリスにいる」

「じゃあ、我南人さんの奥さんですね」

そうですね。久田さんも我南人のことは知っているようです。

「そのときは？　結局どうやって帰ったの？」

居間に戻りながら紺が訊きます。

「そこはよく覚えていないんですけど、弟が来てくれたんです。双子の弟なんですけど」

双子の弟さんがいるんですか。

「たぶん弟も一緒に遊んでいたので、いなくなった私を捜してくれたんだと思います。それで、弟は方向音痴じゃないので一緒に帰ろうとしたときに、母も来たんですよね」

「俺、覚えてるよ」

青の声がカフェから聞こえてきましたね。少し手が空いたときに話が耳に入りましたか。

「覚えてるってそのときのことか？」

勘一が訊くと、青がカフェから来て、頷きます。

じゃあ食事交代しようねぇと、我南人がカフェに向かいましたね。青が台所でご飯を盛って、牛丼を作ってきてから座卓につきます。

「覚えてるって言うか、話聞いてて思い出したよ。俺は確か、高校生だったと思う。学校から帰ってきたらさ、知らない女の子が縁側にいて母さんと話していたんだ。庭に迷い込んできた子なのよってさ」

十八年ぐらい前だとそうですね。青は高校生ぐらいですか。

「ちょっと公園の方を回ってお母さんとか捜してきてくれない？　って母さんが言ってさ。わかった、って行こうと思ったら女の子と同い年ぐらいの男の子が来たんだ。捜しに来たってさ」

「それが弟さんか」

「帰るって言うから、母さんがさ、心配だからそこまで一緒に行ってあげてって。たぶん忙しかったんだろうね。俺が二人の後をついていったら、そこの道に出たときにお母さんらしき人が走ってきてさ。二人と一緒になったから、あぁもう大丈夫だなって俺はそのまま帰ってきたんだよ」

高校生の頃の青っぽいですね。

「そのときなんですけど、秋実さん、弟が来てたぶん安心したんですよね。少しの間、秋実さんですが、お話をしながら絵を描いてくれました。たぶん、皆さんがここで使っていたクレヨンと画用紙だと思うんですけど」

絵ですか。秋実さんが。

「絵なんか描いてたっけ？」

「どうだったかな」

紺も青も、勘一も首を捻りますね。

「まぁ皆ちっちゃい頃はな、ここで画用紙やら広げてよく描いていたけどな。秋実さんがそうやってお前たちに描いてやっていたかどうかは、あんまり記憶にねぇなぁ」

「そうだなぁ、僕も記憶にはないな」

「でも藍ちゃんを産んだ人だからね」

そうでした。画家になっている藍子を産んだ人ですからね。絵の才能があったとしても不思議ではないですけれど。

「その絵、取ってあるかなと思って昨日探したんですけれど、なかったんですよね」

久田さんが残念そうに言います。そんな小さい頃の、しかも一度きりしか会わなかったときのものですからね。なくなっていてもしょうがありませんよ。

「まぁしかし方向音痴はちょいと困るが、そのお蔭で久田さんとも思わぬ縁があったってことだ。これからも、夏樹と一緒によ、仲良くやっていけるってもんだ。嬉しいことじゃねぇか」

「はい」

袖振り合うも他生の縁と言いますけれど、なかなかに楽しいご縁で結ばれていたのですね。

それにしても、秋実さんと会ったことがある若い子がやってくるなんて、嬉しいですよね。

＊

夕方になります。

古本屋は決して人がごった返すということはなく、多くても四、五人がたまたま店の中にいる感じです。十人も溜まってしまったら今日は近くで何かあったのかと思いますよ。誰も店にいないときには、勘一は静かに帳場の文机で本を読み、すずみさんは整理や掃除、何もすることがなければカフェを手伝ったりします。

今は誰もいないので、二人が帳場でこの古本はどうしようかなどと値付けの相談をしていました。お客様がいるとそれはできないですからね。

からん、と土鈴が鳴ってガラス戸が開きます。

「いらっしゃい」

入ってきたのは、若い学生さんでしょうか。

人を見た目であれこれ言ってはいけませんが、まぁ何て美しいお顔の男性でしょうね。青も、今でこそ中年の渋さが漂ってきていますが若い頃は本当に、綺麗、という漢字が似合う顔だったのですよ。

同じぐらい、この方も綺麗ですね。イケメンとかではなくて、美しいのですよ。

ぐるりと本棚をゆっくり端から端まで見て回っています。何かを探しているようですね。もちろん古本屋に入ってくるのですから何かの本を探すのは当たり前ですけれど、はっきりとした目的があって探しているのと、面白そうなものはないか、という感じで探すのでは、やはり雰囲気が違うのですよ。

勘一はもちろん、それはすぐにわかりましたね。

「何かお目当てがありますかい？　訊いてもらえれば探しますぜ」

「あ、児童文学とか、絵本を」

「児童文学や絵本ね。その類《たぐい》なら、その奥の列、入口近くの棚の下半分が全部そうですぜ」

「ありがとうございます」

そうですね。意外と絵本や児童書などもかなり充実していますので、うちにはお子様連れのお客様も多いのです。なので、子供たちが自分で手に取って確認できるように、絵本や童話、児童文学は棚の下半分に整理してありますよ。

この方は、その類のお話がお好きなのでしょうか。あるいは、まだお子さんがいる年齢とはちょっと思えませんから、小さい弟妹や親戚がいるのでしょうかね。

「そこに台もありますんでね。大人はしゃがみ込んで探すのが辛いので、どうぞ座ってじっくり見てください」

「ありがとうございます」

すずみさんもニコニコしながらその様子を見ていました。こんなにも美しい男性が本好きでしかも児童文学を探しているというのは、あれですよね、そういう登場人物というか、キャラクターが好きですよねすずみさん。そもそも美しい青に恋して結婚したんですから、きっと大好きですよね。

男性、勘一に勧められた通りに台に腰掛けて本を探しています。本当に真剣な眼をしているので、これはもう買っていかれる感じですね。

単行本を一冊、二冊と手に取りました。これは、ファンタジーの原点ともいうべきトールキンの『ホビットの冒険』。それから、ミヒャエル・エンデの『はてしない物語』ですか。どちらも岩波《いわなみ》書店から出ているものです。

二つともあまりにも有名な作品ですが、有名過ぎて読んでいない人も多いという話も聞きます。

その二冊を持って、帳場にやってきました。

「お願いします」

「ほい、この二冊ね」

勘一が裏表紙を開いて値段を確認します。どちらも状態はかなり良いものですよ。

「学生さんですかい?」

「そうです。大学生です」

「文学部とかかい」

「いえ、教育学部なんですよ」

そうですか。それじゃあ、将来は先生でしょうか。児童文学や絵本などにも興味を持って当然ということでしょうか。

「トールキンは千三百円、エンデは千円でしめて二千三百円ですが、初めてのお客さんですし、学問に使うってことでしょうからな。おまけして二千円にしときましょう」

「いいんですか?」

ニッコリと勘一笑って頷きます。

「しっかり勉強してもらって、いい先生になって本好きの子供を増やしてくれりゃあこちらも万万歳で。どうぞこれからもご贔屓《ひいき》に」

「ありがとうございます」

嬉しそうに、笑います。その笑顔もまた良いですね。すずみさんがじっと見ていますよ。

「あの、ひょっとして隣のカフェと繋がっているんですか」

「そうですぜ。同じ店です。こっちで本を買って、もしくは借りて向こうで読むこともできるんでぜひ」

「借りることもできるんですか」

「カフェで読む分には、ですね」

すずみさん、微笑んで言います。

「たとえばそのエンデでしたら、隣で何か飲むか食べるかしながら読むのなら、一時間でも二時間でも、カフェにいる間は十パーセントの百円でお貸しします。その後で買いたくなったら、当然残りの九百円をお支払いいただきます」

そういうことです。

「でも、間違ってコーヒーこぼして本を汚しちゃっても値引きはしませんからお気をつけて」

若い方、笑います。

「わかりました。今度利用します」

ぜひどうぞ。お待ちしています。

「いい男だったなぁ」

ガラス戸の向こうに見えなくなるのを確認して、勘一が言います。

「ですねー、青ちゃんに対抗できますね」

「いやぁ、青も負けるんじゃねぇか」

そこは身内の贔屓目が欲しいですね。

「常連になってくれればいいですね」

むぅ、と勘一頷きます。

「それは誰でも嬉しいが、さてな」

どうしましたか。何か思い出すように腕を組みましたね。

「どこかで見たような気が、突然したんだがな」

「え、どこででしょう」

うぅん、と勘一唸《うな》って考えましたが、結局わかりませんでした。わたしもそんな気がしましたが、気のせいかもしれませんし、どこかの芸能人かモデルさんにでも似てる方がいたのかもしれません。

まだ空には明るさが残る午後六時少し前。

古本屋もカフェも閉店は午後七時です。古本屋の方はお客様がたくさん入るわけではありませんが、早い時間に帰宅する会社員の方々などがやってきて、これぐらいの時間には少し賑わうことがあります。カフェはこの時間は皆さんもう夕食のことを考えているでしょうから、反対にお客様は少なくなる時間です。

亜美さんと青がカフェのカウンターで静かに洗い物や明日の仕込みを始め、古本屋ではすずみさんが今日持ち込まれた古本などをチェックしています。

芽莉依ちゃんと花陽はそろそろ帰ってくる頃でしょう。かんなちゃん鈴花ちゃんはとっくに帰ってきていて〈藤島ハウス〉で小夜ちゃんと遊んでいるはずですが、こちらももう戻ってきますよね。

昼の間は古本屋にいることが多いベンジャミンが、ゆっくりと歩いています。立ち止まってどこかを見ています。猫はよくやりますよね。どこを見ているのかよくわからない感じで。あれは音を聴いているんだと何かで読みましたが、変な音でも聞こえてきましたか。

ポコもうろうろしていますね。カフェにいることが多い玉三郎も歩いてきました。誰か来ましたかね。

こんばんはー、と裏の玄関から声が聞こえてきました。

〈藤島ハウス〉の管理人である玲井奈ちゃんですね。失礼しますー、と続けて聞こえて中に入ってきました。もう家族同然ですからいつものことです。猫たちは玲井奈ちゃんの気配で動き出しましたか。この時間に来るのは珍しいですものね。

居間にいたのは我南人に紺です。

「我南人さん」

「なぁにぃ」

玲井奈ちゃん、庭の方を見てから言います。

「矢野さんのところの、久田さんってもう現場から帰りましたよね？」

久田さんですか？　現場にはもう誰もいませんから、とっくに帰ったと思っていましたが。

紺が頷きます。

「帰ったと思うな。五時ぐらいに僕はここにいて、たまたま現場で皆にお疲れ様って挨拶してる久田さんを見たよ。その後久田さんは向こうへ歩いていったから」

向こうというのは、現場の、田町家の正面の道へですね。もちろん、そちらから帰ることができます。

やっぱりですか、と玲井奈ちゃん顰め面をします。

「どうしたの？」

「夏樹から電話があって、久田さんが、戻っていないそうなんですよ。ちょっと見てきてくれって言われて確かめに来たんです」

「戻ってない？」

「一旦、事務所に戻ってきてから退社するはずなんですけど帰ってこないので、久田さんのスマホに電話入れたらしいんですけど、呼び出してるのに出ないそうなんです」

「出ない」

それは、変ですね。

「夏樹は、直帰するにしても電話一本ないのはおかしいし、どうしたかなと思って久田さんのアパートの方にも行ってみたらしいんですけど、帰っていないそうなんです。あ、アパートは事務所から近いんですって」

なるほどぉ、と我南人も頷きます。

「それで玲井奈ちゃんに、現場を見てきてって電話してきたんだねぇ」

「そうです。堀田さんに電話して見てきてもらうのも失礼だからって」

全然失礼ではないですけれど、仕事上のことですから夏樹さんがそう判断するのは間違いではないですね。自分の妻がすぐ隣にいるんだからちょっと見てきてと頼んだのでしょう。

「夏樹くんに電話するよね？」

「あ、今します」

「ちょっと代わって。最後に見た僕が話すよ」

紺が言って、玲井奈ちゃんが自分のスマホで電話を掛けます。

「夏樹？　やっぱりもうとっくに帰ったって。うん、そういない。たぶん紺さんが最後に見たって。代わるね」

紺が玲井奈ちゃんのスマホを受け取ります。

「夏樹くん。そう、僕が最後に見たんだと思うよ。現場に来ていた人に挨拶して、皆が片づけて帰るまで見ていて、最後に出ていったよ。いや、うちには来ないでそのまま田町家の玄関の方から。うん」

同じ説明をします。

「そういうことをする人じゃないよね。うん、うん、わかった。もし見かけたらすぐに連絡するから」

紺がスマホを玲井奈ちゃんに返します。玲井奈ちゃん、一言二言会話して切りました。

「どうしたんでしょうね」

「なんだろうねぇえ。久田さん、連絡しないで帰る子じゃないよねきっとぉ」

我南人が言って、紺が頷きます。

「今、夏樹くんにもそうやって訊いたけど、絶対にしないって。復帰したばかりだから、夏樹くんたちも無理しないように注意していたし、本人もわかっているから、連絡なしにどこかへ行くっていうのはちょっと考えられないって」

うぅん、と我南人も玲井奈ちゃんも唸ります。

「ワタシ戻りますね。何かわかったらすぐ連絡しますから。あ、かんなちゃん鈴花ちゃんは池沢さんの部屋にいます」

「うん、頼むね。こっちからも連絡する」

お母さんですから、晩ご飯の支度もありますよね。玲井奈ちゃんがパタパタと縁側を走って帰っていきました。かんなちゃん鈴花ちゃんの二人は池沢さんのところなら安心ですね。

「あのね」

亜美さんです。カフェから声がしました。

「どうした」

「話、聞こえたんだけど、久田さんを最後に見たのは私かもしれない」

「亜美ちゃんがぁ？」

うん、と頷きます。

「五時ぐらいよね。入口近くのテーブルを片づけようと思って行ったときに、久田さんが駅の方へ歩いていているのを見たのよ」

指差します。もうカフェの前を通り過ぎて古本屋の前を過ぎる辺りってことでしょう。

「あ、久田さんお帰りねって思ってそのまま何気なく見たら、若い男の子がすっと向こうから来て」

反対方向からですね。

「ちょうどうちの前で立ち止まって、久田さんが歩いていくのを見ていたの」

「見ていた？」

紺が顔を顰めます。勘一もすずみさんも話が聞こえてきたんでしょう。こっちに入ってきましたね。

亜美さん、頷きます。

「見ていたように、思う。単純に道の向こうを見ていたのかもしれないけれど、明らかに視線の先には久田さんがいたはず」

「どんな男でぇ」

勘一が訊きました。

「すぐわかりますよ。黒髪で長髪をオールバックにして後ろで縛った、細身の男性で、おそらくサラリーマンではないですね。けっこうなイケメンでした」

黒髪長髪オールバックですか。なかなか渋い髪形の方ですね。

我南人もよく後ろで縛っていますが、同じような髪形をした金髪ではなく黒髪の若い男の方ってことですね。

「すずみちゃん、気づいたか？」

「いえ、まったく」

そのときに店の外を見ていなければわかりませんよね。勘一も見ていなかったんでしょう。

「そして、急に何かに気づいたように足早に歩いていったんですよ」

足早に。

皆が顔を顰めましたね。

「ストーカーとか？」

「いやいや、それだけじゃ何とも言えねぇが、その男の様子は気になるな。亜美ちゃんもただの通行人だったらそんなふうに見ねぇだろう。何か感じたから、様子を見ちゃったんじゃないか？」

「そうかもしれません」

確かにそうですね。ただ立ち止まっただけの人なら、店の中からそんなに見ることはないはず。雰囲気に何か感じたから見てしまったんでしょう。

「現実に久田さんが行方不明なのよね」

「どこかでまた迷子になったとか」

亜美さんとすずみさんが言いますが、紺が首を横に振りますね。

「迷子なら、スマホに出ない理由がわからない。マナーモードになってるとかかなぁ」

「まぁそれはあるか」

さっきから、我南人が何か考えていますね。

「僕、ちょっと行ってくるねぇぇ」

さっ、と裏の玄関へ向かいました。どこへ行くんだと訊く間もありません。

「何か思いついたのかな」

「あいつのこったからなんもわからねぇよ。それより今の亜美ちゃんの話、夏樹に言わなくていいか？」

紺が考えます。

「駅の方向へ向かったのがわかったというのは、言っておいた方がいいかな」

「そうしろ」

後は、わたしたちは何もできませんね。どこへ行ったのかわからないのなら、捜しようもありません。紺が夏樹さんに電話して、とりあえず駅に向かったのはわかったとそれだけ伝えました。

「後は、今のところはどうしようもないかな」

うむ、と勘一も皆も頷きます。

夏樹さんから何かまた連絡があって、頼まれたら付近を捜してみるとかすることにして、ひとまず仕事に戻ります。もうすぐカフェも古本屋も閉店です。

今夜の晩ご飯の支度もありますから、亜美さんもすずみさんも台所に入っていきます。

十五分も経ったでしょうかね。

裏の玄関が開きました。誰かが来たかと思ったんですか、あれは犬のアキとサチですね。研人が散歩から帰ってきたのでしょう。

玄関先で脚を拭いて、リードを外せばアキもサチもそのまま家の中に入ってきます。喉が渇いているでしょうから、大体はそのまま台所に向かっていって、そこに置いてある水飲みボウルに顔を入れます。

「ただいま、っと。あれ？」

居間に向かってきた研人が縁側で立ち止まります。

「何してんのじいちゃん」

我南人ですか？　あら、出ていったと思ったら庭の向こうにいますね。他にもう一人男性がいますが。

「あれ？」

それを見た紺が声を上げます。

我南人の横にいる男性。黒髪で長髪、オールバックで後ろを縛っていますね。さっき亜美さんが見た男性じゃありませんか？

「亜美！」

呼びます。亜美さんがどうかしたかと台所から来ました。

「あの人じゃないのか？」

亜美さん、ちょっと驚いて眼を丸くしました。

「そう！　あの人！」

店の前で、久田さんを見ていたかもしれない男の人ですね？　どうして我南人と一緒にいるのでしょう。お知り合いだったのでしょうか。

何かを二人で確認するようにして庭の向こうの解体現場から戻ってきて、縁側から入ってきます。

「ただいまぁ」

「お邪魔します」

若い男性、確かにイケメンですね。鋭い感じの眼力があります。勘一も古本屋から居間に来ました。

「あのねぇ、彼、バー〈ラプソディ・イン・ブルー〉のカイトくん。バーテンダーね」

バーテンダーの方、ですか？

「三丁目のところにあるよねぇえ、もう老舗《しにせ》でさぁ」

勘一が、ぽん、と手を打ちました。

「青地《あおち》さんのところだな？　煉瓦造りのビルの一階の」

「そうそうそう、親父も昔に行ったことあるでしょう。その青地さんがいる頃にぃ」

バー〈ラプソディ・イン・ブルー〉ですか。わたしは行ったこともありませんし知りませんが、バーをやっている青地さんという方のお名前には覚えがあります。確か数年前にお亡くなりになって、ご近所でも葬儀に顔を出した方がいらっしゃいましたよね。

「そこを今引き継いでやってるのは彼なんだぁ。もう二年？」

「三年目ですね」

「そしてねぇ、彼、久田さんの弟なんだってぇ」

「弟さん？」

皆が驚いて声を出します。

確かに弟さんがいるとは聞きましたが、双子とのことでしたよね。久田さんに、似ていますかね。ひょっとしたら二卵性ということかもしれません。

研人は一人なんのことやらって顔をしています。サチがうろうろしていますね。カイトさんの匂いを嗅ぎに行きます。カイトさん、犬は大丈夫ですね。

優しく撫《な》でられて、サチはますますカイトさんの匂いを嗅いでいます。

「それでさぁ」

我南人が座ります。カイトさんにも座ったらと言い、勘一も紺も亜美さんも座りましたね。すずみさんは台所でお茶を淹れて、青が一人カフェにいましたが、お客さんが帰ったみたいで、〈CLOSED〉の札を掛けて戻ってきました。

研人もじゃれついてくるサチの相手をしながら、縁側のところで座りました。

「カイトくんねぇ。僕はたまにバーに行ってたから、亜美ちゃんの話を聞いてすぐに思ったんだよぉ、それはカイトくんじゃないかなぁって」

「それでバーまで行ったのか」

「そうぉ。ちょうど店を開けたばかりでぇ、さっきうちの前に来た？　って訊いたら、行きましたってぇ。姉の様子を見にってさぁ」

お姉さんの様子を見に、ですか。それはどういう事情でなんでしょう。そして、こんな近くで弟さんが働いているとは。

「話しているところごめん！」

研人です。皆が縁側にいる研人を見ました。

「何か、サチが変だ」

「変？」

サチがずっと外を見ていますね。低い、唸り声に近い声を上げています。研人に首輪を摑《つか》まれているので動けませんけれど、脚をバタバタさせていますね。今にも飛び出して行きたいみたいに。

アキは、そんなサチをじっと台所の方から見ていますけれど。

「確かに変だな」

勘一です。

「こんなこと、今までしたことないよ」

研人の声に力が籠《こも》っています。首輪を必死に摑んでいるんですね。そうしないとサチが庭に飛び出して行きそうなんでしょう。確かにこんなことは初めてです。

紺が、何かに気づきましたか？

顔を顰めます。我南人も何か思ったように立ち上がりました。

「研人ぉ、リードはぁ」

「向こうにあるよ」

「リードを付けてみよう。サチは何かを感じているのかもしれない」

紺が言います。

「何かって何！　マジ力入ってる！」

青が走って裏の玄関からリードを持ってきて、サチに付けました。そして、サチの動くままにさせます。

勢いよく、庭に飛び出すように下りました。青も慌てて、外に出ます。

「研人！　靴！」

サチは、くんくんと匂いを嗅ぐようにします。庭の真ん中まで走ったかと思うと仁王立ちになって、耳を動かしています。

何か音を聴いているんでしょう。匂いを確認しているんでしょう。

庭をぐるぐると回ります。そしてまた真ん中で立ち止まりました。

アキは、まだじっとサチを見ていますね。

「わ」

すずみさんの声がしました。

気がつくと猫たちも集まってきています。ノラにポコ、ベンジャミンに玉三郎。皆が縁側に陣取って、四匹ともじっとどこかを見つめていますね。

ただいま、の声が響きます。花陽と芽莉依ちゃんですね。あぁかんなちゃん鈴花ちゃんも戻ってきましたか。二人が大学から帰ってきて、そしてもうご飯になるよと連れてきたんでしょう。

「どうした！」

居間の様子を見たかんなちゃんです。絶対に勘一の真似《まね》ですよね。

「なんかコワイ」

鈴花ちゃんです。何事が起きているのかと、花陽も芽莉依ちゃんも声を出さずに見ています。

ピクッ！　とサチが動きました。

そして一言、ワン！　と吠《ほ》えます。

走り始めました。うちの庭を抜けて裏の田町さんの家、解体現場に向かっていますね。

「懐中電灯を！」

青が叫んで、研人が急いで懐中電灯を持って走りました。紺も我南人も勘一も、そしてカイトさんも縁側から庭に出ます。

「亜美たちはここにいて！　猫を出さないように！」

紺が言って、亜美さんが縁側のガラス戸を閉めます。

わたしもついていきますよ。

サチはまっすぐに解体現場へと駆けていって、中へ入っていこうとします。

「気をつけて！　足元照らしながらね」

青が言います。毎回きちんと片づけながら作業をしているはずですが、こういう現場には何が落ちてるかわかりませんからね。作業する皆さんは安全靴とかを履いていますが、皆は普通のスニーカーです。

もう二階はすっかり骨組みだけになっています。一階にはまだ壁も残っていますが、中はスカスカです。田町さんの家に最後に入ったのはわたしはいつだったでしょうね。もう十何年も前のことですよ。

勝手口だったところの脇からサチが入っていきます。そのまま奥へひょいひょいとサチが進むのを、青が少し引き止めながらもついていきます。

この辺は、奥の座敷だったところでしょうか。

サチが、ワン！　と吠えます。

「何か聞こえる！」

研人が言います。懐中電灯で照らします。床下ですね？　もう床が剝がされていて、土が見えているところがあります。

「おい、気をつけろよ！」

「青ちゃん！　それ、蓋じゃない!?」

「蓋だ」

土が被《かぶ》っていてよくわかりませんでしたが、確かに丸い蓋のようなものが地面にあります。こんなところに何でしょうか。

「研人、サチのリードを持ってて」

「待て青、慎重に。親父、じいちゃん、しっかり照らして」

勘一と我南人が懐中電灯を持って、強い光を床下に当てていますから、昼のように明るくなりました。

「あ、俺も行きます」

カイトさんです。自分の方が若いからということでしょう。

青とカイトさんが慎重に、静かに床下に下りました。

「ゆっくりな」

「これ持ち上がるかな」

「これ！　軍手！」

いつの間にか芽莉依ちゃんと花陽も来ていました。現場に走っていったので、わけがわからないけど軍手が必要かと持ってきたんですね。素晴らしい判断です。

「開けます」

「ゆっくりとな」

カイトさんが、丸い蓋のようなものを慎重に持ち上げます。

「けっこう重いです」

材質は何でしょうか。木材ですか。相当に分厚い木ですね。

蓋が、上がりました。

穴があります。人一人がようやく入っていけるような穴ですが、これは何でしょう。

深いですよ。二メートル近くあるのではないでしょうか。

「トンネルじゃん」

青が驚いていますが、確かにこの穴、しっかりと木材で壁を組まれています。明らかに、誰かが掘って造ったトンネルです。

何故《なぜ》こんなものが田町さんの家の床下に。

「誰かいますか！」

青が穴の中に叫びます。

「はーい！」

声が聞こえてきて、皆が驚いて顔を見合わせます。

「久田さんですか！」

紺が呼びます。

久田さんが、こんなところに？

「姉貴!?」

「そう！　え、かいと？　かいとなの!?」

確かに、久田さんの声です。

「動けますか？　こっちです！　明かり見えますか！」

青が言うと、中から音が聞こえてきました。歩いているのか、あるいは這《は》っているのか、とにかく移動しているような音です。

「姉貴！」

「久田さん！」

カイトさんと青が同時に声を上げました。わたしにも見えました。穴の中で、久田さんが手を振っています。

「大丈夫ですか!?」

「大丈夫ですー。でも、ちょっと足を捻って」

ひょっとして、落ちたのですか。この穴に。そして久田さん、身長が低いので穴の入口にまったく手が届かないんですね。

落ちて、蓋も閉まってしまったんですか。

「引っぱり上げましょう」

「あ、いや待って。俺たちが二人でふんばって力を入れて、この穴が端から崩れたら大変だ。小さい脚立を下に降ろして、それに乗ってもらってからにしよう」

「持ってくる！」

研人です。

「サチをもう連れて行っていいぞ！」

「オッケー」

紺に言われて、研人が走っていきました。続けて、紺が言います。

「花陽と芽莉依ちゃんもいいよ。花陽、夏樹くんに連絡取って。久田さんが見つかったって。無事だから心配しないでいいからって」

「わかった」

「あ、玲井奈ちゃんにも言っておいて」

うん、と花陽も芽莉依ちゃんも頷いて戻ります。何も聞いていませんけれど、何が起こってこうなったかは、大体のところはわかったんでしょうね。

研人はすぐに小さな脚立を持って戻ってきました。高さは八十センチですから、この上に乗れば、久田さんも穴から頭が出るでしょう。

「ロープも持ってきた」

研人です。ロープを脚立に縛りつけ、ゆっくりと降ろします。

「久田さん、脚立立てて」

「はい」

「乗れる？」

「乗れます」

久田さんが脚立に乗りました。これでもう、両側から腕を取って、引っぱり上げられます。

出てきました。

「あぁ」

久田さん、安心したんですね。涙が溢《あふ》れてきました。それにしても身体じゅう相当に汚れています。

「良かったぁ」

研人がロープを引っ張って、脚立を回収しようとします。

「あ、すみません待ってください。スマホを落としてしまって、どこにあるかわからないんです」

それでですか、連絡が取れなかったのは。

「あ、じゃあオレ行ってくる。いちばん細いから」

研人は身軽ですよね。さっと下りて、懐中電灯で照らしながら進んで、すぐに見つけたようです。あっという間に戻ってきました。

「これね」

「ありがとうございます！」

何はともあれ、本当に無事で良かったですよ。

「あの、この穴、きっと勘一さんが言っていた〈東京バンドワゴン〉さんの抜け道だと思うんです」

「うちの？」

勘一も紺も驚きます。

「何で、その穴が田町さんのところまで」

「わからないですけど、それで、中に落ちているものがあって」

落ちているもの。久田さんが、穿《は》いているパンツのポケットに手を入れて、何かを取り出しました。

「古銭です」

「本当だ」

古銭ですね。いつのものでしょうか。

とにかく久田さんが汚れてしまっているので、花陽の服を貸してあげることにしましたが、まずはお風呂に入ってもらいましたよ。穴に落ちてそして這いずり回ったそうです。さっぱりして着替えて、そしてもう晩ご飯なのでうちで食べていけと用意しています。

その間に、夏樹さんも帰ってきたので、例の穴を紺と青と夏樹さんで入って調べました。

驚いたことに、古本屋の帳場の下から蔵までしかないと思っていた地下道に、先があったんです。その先が、蔵から田町さんの床下までだったんですよ。まったく同じ造りになっていましたから、先々代が造ったものに間違いありません。久田さんは穴に落ちちゃいましたけど、かつては梯子《はしご》で出入りしてたのですよね。

そして、壁には棚があっていろんなものが置いてありました。古銭や、服や帽子、靴などです。全部回収してきました。

それは明日、明るくなってからゆっくり調べるとして、久田さんもお風呂から上がってきれいになってきましたし、カイトさんもバーを開けるのは遅くなってもいいと言うので、とりあえず皆で晩ご飯を食べながら、話を聞くことにしました。

「かいとは、ひらがなです」

「あ、そうだったんだねぇ。てっきりカタカナだと思っていたよぉ」

我南人が言います。それでは、かおりさんにかいとさんの姉弟なんですね。なるほど双子っぽい名前です。

「名字が違うんですよね。僕は、種村《たねむら》かいとです」

「それは」

そうです、と、かいとさんも久田さんも頷きます。

「うち、親が離婚したんですよ。小学生のときなんです」

それでですか。久田さんがこの近所から、小学校一年生のときに引っ越したというのは。

「僕は親父と一緒に住むようになって。まぁ珍しくはない話だと思いますけど、姉弟は離れ離れになったというわけで」

久田さんも頷きました。

「久しぶりです。かいとに会うのは」

「一度、病院に見舞いに行ったじゃん」

「あ、そうだった」

双子の姉弟なのに、ご両親の離婚で離れ離れになってしまっていたんです。いろいろ事情はあったのでしょうけれど、少し悲しいですね。でも、今も会えば仲良しなんですよね。見ればわかります。

「まったく似ていないのは、二卵性なのかしら?」

亜美さんです。

「そうです。だから、名字も違うし姉弟だって思われないことがほとんどですね」

「普段から連絡取り合ってるの?」

紺が訊くと、二人で顔を見合わせて苦笑いしましたね。

「全然ですね。スマホの番号も知らないし」

「私は知ってるよ。入ってるもの」

「電話してきたことないじゃん。それに、姉弟でそんなに連絡取らないでしょう」

かいとさんが笑って紺も頷きました。

「確かにそうだ」

藍子と紺は一緒に住んでいましたから連絡を取るも取らないもないですが、普段そんなに話すこともありませんし、今こうして東京とイギリスで離れていても、二人が話すことはそんなにないですよね。

「姉が都内で就職したって母から聞いて、あんな方向音痴で都内で一人暮らしするって大丈夫かって思ってたら案の定事故に遭ったりして」

「面目ない」

久田さんも平謝りです。

「退院したと思ったら、この近くの解体現場で働き始めるって。ほら、この辺は僕もよく知ってるけど、東京の人間だって迷っちゃいますよね」

「そうだね」

迷いますよね。

やたらと細い道がいっぱいあって、曲がりくねっていたり行き止まりだったり。引っ越してきた人もしばらく迷ったりすると聞きますよ。

「場所はわかるし、たまたま、姉の帰る時間が僕の出勤時間と被っていたしここは通り道に近いので、見に来てみたんですよ。そしたらちょうど〈東京バンドワゴン〉の前で姉の後ろ姿が見えて」

「そうか、その姿を私がたまたま見たのね」

亜美さんです。そのようですね。

「あ、かおりだってすぐにわかって。まっすぐ駅に向かってるから大丈夫かって。でも急に変な方向へ曲がって、待て待てどこへ行くんだって追いかけたんですよ」

それが、かいとさんが急ぎ足になった原因ですね。

「声は掛けなかったの？」

「掛ける前に、見失いました。どこに行ったのかと思ったけれど、店の開店もあるので、まぁ後から連絡してみようって」

「忘れ物しちゃって、戻ったんですよ。軍手とか入っている現場用のポーチです。道をグルッと回って戻っていって、中に入って、あれ？　って」

「気づいたのかよ。あの穴に」

勘一が言うと、久田さん頷きました。

「初めて現場に来たときから気になってはいたんですけれど、堀田さんの話を聞いて、そうか堀田さんの方の地下だったのかって納得して。でもさっき、違うぞ？　って。現場にも何かあるぞって思って」

「探したんだ」

「そうなんです。それであの蓋を見つけて。わぉ、これは何だって開けてみたら、うっかり足を滑らせて落ちちゃって、蓋もその拍子に閉まってしまって」

スマホもそのときに落としてしまってどこにあるかまったく見えず、蓋にもまるで手が届かず、穴の中を這いずり回っていたのですね。

「堀田さんの店の中に行けるかと思って。でも、こっちの出口も見えなくて」

蔵に通じるところだったんですよね。そこの穴もしっかりと閉まっていました。

「そういやぁ、なんか猫たちや犬たちの様子がおかしかったな。ありゃあ、久田さんがこの下の穴ん中を動き回っていたからか」

そういうことだったんですね。きっと音だけではなく声も出したんでしょうけど、久田さんの声量では人の耳に届かず、犬猫たちの耳には届いていたんでしょう。

「元はと言えばうちの先代と先々代が何にも言わねぇで放っておいたのが悪いんだ。すまなかったなぁ」

勘一が言って、頭を下げます。

「とんでもないです。姉の不注意ですよ」

「そうです。助けてもらった上に謝られたら」

「まぁあ、これもLOVEだよねぇ」

我南人です。

それをここで言いましたか。どういうことでしょう。

「疎遠になっていても、やっぱり姉弟なんだよねぇ。サチがあんなに騒ぎ始めたのもぉ、かいとくんの匂いをサチが嗅いでからだったような気がしないぃ?」

そういえば、そうでしたか。

「かいとくんから、久田さんと同じ匂いを感じたんじゃないかいぃ? それで、わかったんじゃないかなぁ。久田さんが助けを求めているんだってぇ。それにぃ僕たちがおかしいって感じたのもぉ、かいとくんが久田さんの様子を見に来たからこそだよねぇぇ」

確かに、と紺も頷きましたね。

かいとさんが来なければ、こんなにすぐに穴に落ちた久田さんに気づくことはなかったでしょう。見つかったとしてももう少し遅くなって、また入院する羽目になったかもしれません。

「まぁ、しばらくは毎日近くにいるんだ。久田さんは帰るときに、かいとくんは出勤前に、うちに二人で寄ってコーヒーでも飲んで帰ってくれりゃあ、安心じゃねぇか?」

勘一が笑って言って、かいとさんも久田さんも頷きながら笑います。

＊

騒動から一日経ちました。

もう皆が寝静まった午前一時。

いつも思うのですが、わたしは自分が寝ているのかどうかは自分ではわかりません。かんなちゃんの話では寝ているところを見たということなんですが、どうなのでしょうね。きっと、生きているときの習慣で寝ていると思い込んでいるのですが、実はずっと起きているような気もします。

犬のアキとサチも自分の寝床である座布団の上でぐっすり眠っています。ときどき起き出して水を飲んだりしますが、そのままま た横になり、大体は朝誰かが起きてくるまで寝ています。

反対に、夜中にもうろうろすることがある猫たちですが、寝るときにはそれぞれ気に入っている人の部屋に入っていって寝ることが多いですね。もう年寄りのベンジャミンとポコは、近頃は勘一や我南人の部屋などで二人が起きるまでずっと一緒に寝ていますよ。年寄りは年寄り同士ということでしょうか。

玉三郎とノラは、二匹で突然追いかけっこを始めたりもしますが、すずみさんや亜美さんの部屋に入っていって布団にもぐりこんだりもします。こちらは女性陣が好きみたいです。皆それぞれに個性があって、こうして夜の間見ていても飽きません。ときどき、わたしを気にして寄ってきたりもするんですけれど、なにせ身体がないですからね。そしてわたしは人間だけではなく、犬猫にぶつかっても弾《はじ》かれてしまいます。

おや、紺が来ましたね。

この時間まで起きているのは、紺と研人ぐらいですか。我南人も以前は朝までギターを弾いたり作曲したりしていましたが、六十を越えた辺りからは早く眠るようになりましたよね。

台所でコーヒーメーカーのサーバーに入っていたコーヒーをカップに入れて、そのまま仏間に入ってきます。

話をしに来てくれたのですか。話せるでしょうか。

仏壇の前に座って、おりんをちりん、と小さく鳴らして手を合わせてくれます。夜は、お線香はたまにしか点けません。どんなに小さくても火の元は火の元。古本屋に火の元を放っておくのは厳禁ですからね。お線香を点けたときは、火が消えるまで仏壇の前を離れませんよ。

「ばあちゃん」

「はい、お疲れ様」

「昨日はものすごい騒ぎだった。ばあちゃんも驚いたろう」

「驚きましたよ。まさかああして地下道が繋がっていたなんてねぇ」

「じいちゃんも知らなかったってのはね。びっくりだよ」

「たぶんだけれども、先々代か先代が、他の誰にも一切知られないようにしたんだろうね。本当の意味での秘密の抜け道ってことで」

「もう使うこともないだろうし、ちょっと費用が掛かっちゃうけど、陥没とかする前にうちの責任できちんと埋めるよ。矢野さんの方で手配できるっていうから」

「それがいいですね。きっちりやっておきましょう」

「それで、あの古銭だけど。引き取り値が出てきたよ。ほとんどが明治から昭和初期のもので、全部で五万円ほどで買い取れるって」

「けっこうな枚数だったけれど、状態が悪過ぎたものね」

「そうなんだ。それで、さっき久田さんとも話したんだけどね。それなりの金額ではあるけれども、毎日作業に来る人たちに、飲み物を買ってあげるのに使えばいいんじゃないかって」

「あぁ、そうだね。それはいいね。一年間もずっと作業するんだから、それぐらいあればけっこうな本数を賄えるんじゃないのかい。ちょいと素敵なプレゼントになったじゃないか」

「うん。あれ、終わりかな?」

聞こえなくなりましたね。お疲れ様でした。かんなちゃん鈴花ちゃんが布団をはね飛ばしていないか見てから寝てくださいね。春とはいえ、冷えたら困ります。

ひょんなことから忘れ去られたものが見つかるなんてことはあるものでしょうけれど、本当にびっくりするものが見つかりました。

でも、それもこれもお互いに良い関係を築き、縁があったからでしょうね。

田町さんと我が家はずっと仲良くお隣さんとして過ごしてきましたが、それはもういちばん最初にここにやってきた先々代の達吉さんと、田町さんのひいおじいさんが良き関係を築いたからでしょう。

人助けであり、善きことだと信じて地下道を造ったのですよね。もう伝えられた話でしかありませんが、それで幾人かの人たちが救われたとも聞いています。

そうして時が流れて、我が家と新しく縁を結んだ増谷家と会沢家が今度は田町さんと良き絆《きずな》で結ばれたからこそ、今はもういない秋実さんの優しさがあったからこそ、久田さんとの新しい縁も結ばれて、こんな出来事も起こりました。

善く生きる。まさしく、そうですよね。きちんと生きていけば、巡り巡ってまた善きものが生まれたり、起こったりするのでしょう。

楽しいですね。嬉しいですね。

㊋ 一夜一夜にもの語る

一

広大な北海道のような大地ならば、夏でも涼やかな風が広い土地を吹き渡っていく様子を肌で感じられるのかもしれませんが、我が家は下町にあり狭いところにたくさんの小さな家がひしめき合っています。

とても吹き渡る風を感じることはできないのですが、この夏は風の印象が少し変わりました。

裏の田町さんの家はもうすっかり建物が取り壊されてしまい、縁側から見る景色がまったく違っているのです。そのお蔭というのは少し変ですし今だけなのでしょうけれど、風が吹き渡ってくるように感じるのですよ。

もっとも、熱風のこともあるのですが、朝晩などには気持ち良く感じることも多いのです。

田町家の庭にあった枇杷《びわ》の木は今ももちろん健在でして、今年もたくさんの実を付けています。研人が子供の頃に、枇杷の実を狙うカラスを追い払うために、田町さんの物干し台にあがって竹竿《たけざお》や棒を振り回していた頃が懐かしいです。

かんなちゃん鈴花ちゃんがその話を聞いて、自分たちもやってみようなどと言っていたのですが、幸いなのかどうなのか、夏にカラスがやってくることがめっきり減ったようで、まだその機会はないようです。

庭の紫陽花《あじさい》がきれいに咲き誇りましたが、どうしたことか今年は随分花の色が変わりました。近年は淡い青色がほとんどだったのですが、今年はピンクのものが多いのです。紫陽花は土の様子で色が変わると聞きますので、何か土に変化があったのでしょう。わたしが好きな待宵草《まつよいぐさ》が咲くのはもう少し後でしょうか。

とにかく暑い暑いと、それしか口をついて出てこないような昨今の東京の夏で、季節の巡る美しさもぼやけてしまいそうですが、庭の花々や木々は、ちゃんとその様子を届けてくれています。

夏の美しさを楽しまないと、本当にただ暑さにまいってしまうだけになって味気ないですよね。

そんな七月の初めの月曜日。

暑さにもめげずに賑やかな堀田家の朝です。

亜美さんとすずみさんがほとんど同時に階段を下りてくると、その脇をかんなちゃん鈴花ちゃんが走り抜けて行きます。今日はノラと玉三郎が二匹で後を追っています。猫は年を重ねるとだんだん遊ばなくなることが多いのですが、まだまだノラと玉三郎は遊んでいますね。あれも追いかけているんじゃなくて、遊んでいるんですよね。

「おはよう」

かんなちゃん鈴花ちゃんが裏の玄関を駆け抜ける前に、今度は花陽と芽莉依ちゃんと美登里さんが入ってきました。

美登里さんが〈藤島ハウス〉に入居してすぐに、先に研人を起こしてしまってかんなちゃん鈴花ちゃんが不機嫌になったことがありましたね。

それにしても、もう二年生のかんなちゃん鈴花ちゃんのダイブは、一人ずつ順番にするようになったとはいえけっこうキツイと思うのですが、研人はいつまで耐えるのでしょうか、そして二人はいつまで続けるのでしょうね。

いつものように、女性陣で朝ご飯の支度です。前の晩にちゃんとメニューにできるものを考えていますから、そんなに大変でもないのですよ。

勘一が離れからやってきて、かんなちゃん鈴花ちゃんが置いていった新聞を広げます。

あれですよね、今は新聞離れが激しいのですよね。我が家でも新聞をまともに読むのは勘一だけです。

もしも勘一がいなくなったりしてしまったら誰も読まなくなります。でも、新聞紙はいろいろと便利ですから、取り続けるとは思いますが。

我南人が起きてきて、紺も青もやってきます。研人が来ましたけれど、今日は藤島さんはいないのですね。

かんなちゃん鈴花ちゃんの席決めもすっかり影を潜め、芽莉依ちゃんが決めて単純に家族ごとに座る毎日です。それでもかんなちゃん鈴花ちゃんは毎日かなり自由に座っていますけど。

今朝はパンになったようです。トーストに、ベーコンエッグにレタスと胡瓜《きゅうり》とオクラのサラダ、ミニトマトのカプレーゼ、ズッキーニとカボチャのマカロニグラタンは昨夜の残りを使って作り直したもの。牛乳にコーヒーと紅茶、ヨーグルトにはバナナとドライフルーツを入れて。

皆が揃ったところで「いただきます」です。

「今日は涼しいんじゃねぇか？」

「バナナそのまま食べたかったな」

「はい、トースト一回目焼けましたー」

「あ、黒胡椒《くろこしょう》かけるの忘れてました」

「ねぇ研人たちのフルアルバムっていつ出るの？　昨日訊かれたんだけど」

「藤島さんって、今夜来るかしら」

「このベーコン、すごい分厚いな。どこの？」

「じゃあ、今度ね。バナナ一本出すから」

「いやー、それがねー」

「サラダはマヨネーズよりドレッシングの方が美味しいと思うよ」

「どうでしょう。何かありましたか？」

「あ、北海道から送ってきました」

「もうちょっと、時間欲しくなったんだよねぇぇアルバム」

「鈴花はバナナジュースの方がすきだと思うな」

「そうなんだよ」

「今日の夜はすき焼きなのよ。実家からとんでもなく良いお肉が来るの」

「おい味付け海苔あったよな。取ってくれ」

「今からでもジュースにできるんじゃないか？　ミキサーにかければ」

「すき焼きですか。じゃあ、呼びます」

「でも今度はメジャーって話はありましたよね」

「はい、旦那さん味付け海苔です」

「それは、ラッシーになるんじゃないかな？」

「メジャーデビューというやつになるんだけどね」

「旦那さん、トーストに味付け海苔ですか！」

「旨《うま》いんだぞ？　トーストに海苔は」

　確かにトーストに海苔とか醤油《しょうゆ》とか、あるいはしらすとか、そういう和風なものが合わないことはないとは聞きますが。いきなり味付け海苔を載っけるのですか。

　もう少し順序というものを考えた方がいいと思いますよ。

「え、メジャーデビューって、もうとっくに決まっていたんじゃないの」

　亜美さんです。さっき、研人が花陽にフルアルバムのことを訊かれて、言っていましたよね。

「っていうか、まぁ話は決まっているんだけど、実はしなくてもいいんだよね」

「昔とは違うからねぇ」

　我南人です。もちろん我南人はいわゆるメジャーデビューをしたミュージシャンです。所属先が変わったり独立したりといろいろありましたが、アルバム自体は大手のレコード会社からも出ていますよね。

「大手の、つまりメジャーなレコード会社からアルバムを出さなくても、活動はできるんだよねぇ。〈TOKYO BANDWAGON〉は配信でも売れてるしねぇ。ライブ活動もできる」

「メジャーと契約して事務所を変えちゃうと、確かにマネージャーもついたりスタッフもいるから活動がめっちゃ楽になるのは事実なんだけどさぁ。それだけオレたちの活動も制限されるし」

「ま、実質そこの連中の給料も、研人たちのバンドの収入から出るってことになっちまうからな」

勘一です。そうですね。でも、基本はどんな職業であろうとそういうものですよ。いろんな人を支えて支えられて商売は成り立っていくのです。

「じゃあ、そこを決めないとフルアルバムは出ないわけ？」

花陽です。花陽の友達にも〈TOKYO BANDWAGON〉のファンが多いって言ってましたから、いろいろ訊かれるのでしょう。中には研人のことを幼稚園の頃から知ってるお友達もいますからね。

「出すよ。でも、まだ詰めたいところがあるんだ。イギリスで録《と》ったものはほぼ完璧だけど、もう少しこっちでやりたいのがあるんだよね」

「そこを含めて、今考えてるってところさぁ。僕も一緒にねぇ。プロデューサーみたいなものだからぁ」

そうですね。実質的に、我南人は今〈TOKYO BANDWAGON〉の音楽上のプロデューサーですよね。

「なので、メジャーレーベルとの契約は決まっているんだけどさ。あーまだ身内にも言えないことはあるんだけど」

「え、そんなトップシークレットが？」

花陽がちょっと顔を顰めました。皆も、身内に言えないとはなんだ、とざわつきましたよ。

「僕は知ってるけどぉ、まぁあれだよぉ、こないだのロンドンライブでもいろいろあってさぁ。世界うんぬんの話になるかもしれないってことぉお。内緒だよぉ」

世界ですか？　ひょっとして、ワールドレーベルの契約に発展するということでしょうかね。

「わかった、とりあえず期待しとけって言っておくね」

「そうして」

花陽が頷いて、今度は勘一の方を見ました。

「それで、大じいちゃん、ちょっと相談なんだけど」

「お？　なんだ花陽。今度は俺か」

相談とは、朝からなんでしょう。

「カフェ、夜も営業しない？」

皆が、うん？　と眼を大きくしたりしましたね。

どうしましたか、花陽。

「カフェを夜遅くまでやるってことか？」

「そう、夜しか来られないような人もいるじゃない。七時閉店ってことはもう実質六時を回ったら入れない感じになるでしょ？　そうすると、いつも前を通っていて入りたいけど、会社とかから帰ってきたらもう閉まってるって」

「まぁそりゃ確かにな」

勘一頷きます。

わかっていることでしたけれどね。我が家はもう長いことカフェも古本屋も夜七時までです。カフェでアコースティックライブをやるときには遅くまで開けてますけれど。

「昔はな、大昔の話だけどもよ。古本屋も九時や十時まで営業していたがな。営業っつか、明かりが点いてりゃやってるよってな」

「そうなんだ？」

研人です。そうでしたよね。その昔は、営業時間に関してはかなり自由にやっていましたよね。早くに閉めるようになったのは、それこそ秋実さんに藍子や紺が生まれてからでしょうか。

家のことをやりながら古本屋の手伝いをするのはなかなか大変でしたから。ましてやその頃の我南人の勢いといったらそれはもう、スーパースター並みでしたから。

「でも、どうしたの花陽ちゃん急に。何かあった？」

すずみさんが訊きます。

「まぁ、前からずっと友達とかからもね。夜も営業してくれたら行けるのにって言われ続けていたし」

「あ、オレもね」

「それは皆そうだよな」

研人が言って、続けて青が苦笑します。

「朝早く来てくれるのは、近所の会社員の友人ばかりだからね」

そうですね。

「何よりもね、和ちゃんがね、バイトしたいんだけどなかなか増やせないんだ」

「あぁ和ちゃんか」

勘一がなるほど、と顎を擦《さす》ります。

「前にも言ってたな。バイトはたくさんしたいんだけど、なかなか難しいってよ。うちは夜はやらないのかってな」

「そうなんだ。いろんなバイトはあるんだけど、時間が自分で決められてしかも勉強の方にも支障なくできるっていうのは本当に難しくて」

それはそうですよね。花陽はバイトしなくても、実家住まいでお小遣いを貰っていますから自由が利きますけれど。研人に至ってはバイトしなくても稼げていますし、芽莉依ちゃんはもう研人から二人の生活費を預かっていますからね。

「だから、うちが夜やってくれれば和ちゃん学校終わってからたっぷりバイトできるんだよね」

「そのまま花陽ちゃんの部屋に来れば勉強もできるじゃん。なんだったら和ちゃんうちに下宿してもらえば？」

研人が言います。

「それはさすがにね。下宿屋じゃないし、和ちゃんも恐縮するし」

そうですよね。

それに芽莉依ちゃんのときみたいに下宿のようにして住んでもらうにしても、いくらもう二十歳を越した大人とはいえ、学生なんですから親御さんにきちんと話をしてこなければできませんよ。

勘一、うむ、と考えます。

「確かに何度も考えちゃあいたんだがな。あれだよ若い頃はよ、やりたかったんだよ。夜中までずっと、下手したら朝までやってる古本屋ってのをよ」

「カフェじゃなくて古本屋？」

「昔は古本屋しかなかったんだからな。いいと思わねぇか？　夜中の二時とかになってもやってる古本屋ってのは、風情があってよ」

確かにどこか風情は感じるでしょうけれども、大変ですよね。

「じゃあさ、古本屋を夜中の二時まで親父がやって、朝の五時から起き出す大じいちゃんがその後にやったら？」

研人です。

「どうせ親父は二時ぐらいまで起きてるでしょ」

「起きてるけれど、それは執筆をしているから。そうか、古本屋で書くという方法もあるか」

紺が一瞬考えましたね。

「いいじゃん！　空白の三時間だけ閉店するけどそんな時間に来るのは幽霊か妖怪か変態だよ。夜中の二時までやってる古本屋。そしてその隣で営業しているカフェ。酒はないけど」

お酒は本当に無理ですね。我が家ではこれ以上メニューを増やせませんし、何よりも繋がっている家の中には文字通り若い女の子ばかりですから。そんなところでお酒は出せませんよ。

紺も青も、勘一も我南人も考えていますね。亜美さんも、すずみさんもさてどうしたものかと考えています。

「カフェも古本屋も、そんなに深夜は現実には無理だろう」

「そうだな」

青が言って、紺も頷きます。

「でも、たとえばカフェの営業を午後十一時までにして、古本屋は入口を閉めて、カフェから入って買うことはできますよってことにすれば、古本屋の店番はいらないんだよね。レジはもともと共通なんだから、カフェから古本屋に行って本を選んでもらったら、カフェのレジで対応すればいい」

「店番がいねぇと、防犯はどうする？」

「防犯カメラ」

研人です。

「今はWi-Fi《ワイファイ》使ってカメラを置くだけで映像が送られてくるのがあるから、簡単にできるよ。カフェの方でディスプレイに映像出しておけばいいんだよ」

「できます。うちの事務所も今そのシステムでやっていますよ」

美登里さんです。以前と比べるとそういうのも随分簡単になったと聞きますよね。外出先でもペットの様子をすぐにスマホで確認できるとか。

「考えていたんだ。俺とすずみはもう子供を作らないし、鈴花も小学生になったから、夜にカフェをやっても何の支障もないよなぁって」

「夜の十一時までか、それぐらいか？」

勘一です。

「お酒を出さないんだからそれぐらいだよ。食べ物メニューは仕込んでおいたパウンドケーキやチーズケーキなんかを売り切れごめんにしちゃう。ケーキ類をもう少し充実させて作っておけば後はドリンクだけ。それなら、和ちゃんがバイトするなら、俺かすずみ一人でもカウンターは対応できるし」

「私だって全然大丈夫よ。和ちゃんの来ない日でも二人いればいいんなら余裕よ」

亜美さんです。

「僕もぉできるねぇ。得意だよぉ。僕が夜にカウンターにいるってなったらぁ、お客さんだってけっこう来ると思うなぁ」

「あ、そうなったらオレもやりたいかな。オレ、バイトしたことないから。バイト代はいらないから技術だけ磨きたい」

「私も！」

芽莉依ちゃんもちょっと嬉しそうに言います。

「やってみたいです。夜なら学校から帰ってきてからできるんだし」

うむうむ、と勘一、ずっと考えていますね。

「いっちょやってみるか。家訓は大事だが、それ以上に子供たちの将来のためにな。稼げるんなら稼がねぇとよ」

そうですね。いつまでも我南人や研人、そして紺の印税などを当てにはできません。古本屋とカフェの稼ぎだけで、かんなちゃん鈴花ちゃんの将来を考えられるようにしないと。

「あれだ、花陽。まずはこの夏の間だけはお試しってことでやってみてよ。そうすりゃ和ちゃんも夏休み中はびっしりバイトできるだろう。今よりずっとバイト代が増えるだろうし、うちでのんびりすることもできる」

うん！　と嬉しそうに花陽が頷きます。

「夏の間やってみて、これは回るなってなりゃあそのまま続けりゃあいいさ。無理だったら元に戻せばいいだけのこった。すぐに準備して、明日からでも明後日《あさって》からでもやってみりゃいいさ」

善は急げですね。

月曜日ですから子供たちは学校です。

カフェにはいつもの常連さんがほとんどです。お年寄りの方が多いのですが、出勤途中の会社員の方々が朝ご飯を食べていくことも多いですよね。ですから、回転はかなり速いのです。

たとえば手に持って歩きながら食べられるテイクアウトメニューはどうかしら、と亜美さんが考えたことがあるのですが、駅までの道にはゴミ箱もないですし、小学生の子供たちの通学路でもあります。そこを食べながら歩かれるのはちょっとな、ということで立ち消えになりましたよね。

でも、夜の営業も考えたのならば、テイクアウトメニューももう少し考えたらうまくできるかもしれませんよね。

古本屋の開店準備というものはほとんどなく、電気を点け入口を開ければ、後はただ五十円百円で売っている文庫本や雑誌、相当に状態が悪い単行本を置いたワゴンを店先に出すだけです。

このワゴン、正直利益などはほとんどないに等しいのですが、意外と毎日売れるのですよね。通りすがりの会社員の方々に、さっと見てさっと買っていく人がいるのです。多い日だと朝だけで十冊ぐらい売れることもあります。

勘一が運ぶのはもう怖いので、いつも紺がワゴンの支度をします。それと同時に青がカフェの方の雨戸を開けて、並んでいる常連さんに挨拶ですね。

かんなちゃん鈴花ちゃんもカフェで挨拶をするとすぐに学校へ向かいます。行ってきますー、という声に常連のお年寄りの方々が皆で行ってらっしゃいと言ってくれるのですよ。本当に皆さん、優しいですよね。孫か曽孫のように思ってくれていますよ。

そして、花陽と芽莉依ちゃんも大学へ向かいます。

我が家の児童さんと学生さんの学校の夏休みはまだ少し先ですが、七月の声を聞くともうすぐかなと思いますよね。かんなちゃん鈴花ちゃんも、夏が大好きで、海水浴などに行けるのをものすごく楽しみにしているんですよ。いつ行けるかな、と、もう言ってましたからね。

亜美さんの親戚が葉山《はやま》の方で旅館をやっていたり、藤島さんの前の会社の保養施設も葉山にありましたので、そちらにお邪魔して海へ遊びに行くことが多かったですよね。

今年は三浦《みうら》半島の先端にあるかずみちゃんの老人ホームはどう、と、本人から連絡が来ていました。あのホームのすぐ近くに海水浴場があり、送迎バスも出ているそうなんですよ。入居者を訪ねてくるゲストの宿泊もできるので、大勢でなければかんなちゃん鈴花ちゃんを連れて泊まってこられるそうです。それも楽しみですよ。向こうの海水浴場にはわたしも一度も行ったことありませんしね。

カフェは青とすずみさんで、紺と亜美さんがいつものように家事一切を片づけ始めます。我南人は何もしないでいることが多いのですが、あまりにもカフェが忙しそうであれば、ホールに回ったりもしてくれますよ。

勘一は、どれどれ、と帳場にどっかと座り込みます。おや、珍しく研人がお手伝いをしているようですね。

今朝のカフェの夜営業の話でその気になりましたかね。

「はい、大じいちゃんお茶」

「おう、研人か。ありがとな」

一年中、熱いお茶で仕事を始めないと気が済まない勘一です。そうして、いつもこのタイミングでやってくるのは祐円さんですよね。

今日はカフェの入口から入ってきたようです。その日によって違うのですが、何を基準にしているのでしょうね。

「ほい、おはようさん」

まぁ今日はお見事な色合いで登場しましたね。ピンクのTシャツに、赤い短パンですか。しかも足元はグリーンの蛍光色のスニーカーです。Tシャツの柄は、何故かサメですね。どうしてサメなんでしょう。

「おはよう」

「祐円さん、おはよう」

「おっ、今日は研人かよ」

「男で悪かったね。お茶？　コーヒー？」

「アイスコーヒーにしてくれ」

「お茶とホット以外は金取るぞ」

おおいいぞ、と祐円さん胸を張りましたね。

「たまには金を落とさないとな。ここんちが商売上がったりになっちゃあ、うちで祈禱《きとう》した意味がない」

「いつ祈禱されたよ。何だその格好は、孫のお下がりにしてもひでぇな」

「え、良いよ祐円さん。めっちゃカッコいい」

すぐにアイスコーヒーを持ってきた研人が言います。

「だろう？　ほら見ろ勘さん。若い子には俺のファッションセンスがわかるんだよ」

研人ぐらいの年の子ならば確かに映えるかもしれないのですが、まぁいいでしょうね。お孫さんのものを貰って楽しんでいるんですから。

「それで、夜もやるって？　カフェの営業」

「早耳だな。今朝皆で話したばかりだぞ」

本当に早耳ですね。誰に聞いたんですか。

「さっきかんなちゃん鈴花ちゃんに会ったときに、こっそり教えてくれたんだよ」

勘一が、あぁ、と頷きます。そうでした。祐円さんはただ早起きしてうちに来てるわけじゃありませんよね。子供たちの通学路をぐるっと回ってきて、交通安全の見守りもやっているんでした。

「急にどうしたんだよ」

「どうしたってこともねぇんだけどな。まぁいくら朝早く開店するからっても、カフェが七時閉店ってのは早過ぎるたぁ思っていたしよ」

「だな」

「その理由が、子供がまだ小さいうちは、モーニングを充実させて、夜はしっかり面倒見るってのがあったけどよ。もう皆大きいしな」

そうですね。カフェを始めた頃は花陽も研人も本当に幼かったですからね。

「あと、あれだろ？　家訓だろ」

「それもな」

「でも、かんなちゃん鈴花ちゃんがまだ小さいだろ」

「昔と状況が違うさ。二人の面倒を見られるのはそれこそ花陽も研人もいるし、我南人もすっかり家にいるしよ。心配ねぇからな。それによ、次の代になったときにはよ。もっと自由にさせてもいいって思ってるしな」

勘一が店を見回します。

「まぁおめぇだから言うけどよ。別に俺の代でこの古本屋をなくしたっていいんだよ。皆、他に活計《たつき》の道があるんだからな」

祐円さん、ちょっと顔を顰めましたが、頷きます。

「ま、お前さんがここを畳むってことは死ぬってことだからな。そんときはきっと俺も一緒に死んでるしよ。気にならないからいいんじゃないか？」

「何でおめぇと一緒に死ななきゃならねぇんだよ。先に逝くか後に逝くかしてくれよ面倒くせぇ。冥土への道行きまで一緒ってか」

「いいじゃねぇか。最後まで一緒に行こうぜよ」

笑います。縁起でもない話ですけれど、本当に仲の良い二人ですよね。でも祐円さん、神主さんも冥土へ行くんですかね。あれは仏教ではないのでしょうか。


夜の営業時間変更のお知らせは、さっそくその日のうちにお店に貼り出しました。

カフェの入口にはいつも手書きの黒板メニューを置いてあるんですが、そこにもちゃんと書きましたよ。早速お客様の反応があったみたいですね。

二日後の今日には、もう夜十一時までの営業を始めました。

初日から随分お客様が入ってくれましたよ。とにかく我が家の前の道路は駅からの近道になるんです。なので、夜の時間帯まで人通りが多いのです。

あれ、やってる！　という声もたくさん聞こえてきました。そのまま入ってくれるお客様もけっこういましたよ。

皆で話した通り、古本屋の方は今まで通りで七時にはガラス戸に鍵を掛けますが、隣のカフェから入れて営業中ですと貼り紙をしました。

そうするとですね、やはりカフェから古本屋に入る人もたくさんいたのです。そして、本を選んでくるとカフェのレジを通すのですが、じゃあ、と、そのままコーヒーを飲んでいく人が思ったより多かったのです。

晩ご飯を食べながらも、その様子を皆で入れ替わり立ち替わり交代しながら見ていましたが、それぞれににんまりしてしまいましたよね。商売をやっていて忙しいというのは、本当に嬉しいんです。どんなに疲れても身体は動きますよね。

晩ご飯を皆で食べるのは難しくなりましたので、まずはカフェにいる青とすずみさんを除いて、他の皆で揃って食べました。今日は初めての日なので、カレーライスを作りました。

カレーならば、後で青とすずみさんもすぐに食べられますからね。その他には簡単にできる野菜サラダ、そして焼いておけばカレーに入れてもよし、そのまま食べてもよしという茄子《なす》をお皿に盛りつけます。そのまま食べたい人には大根おろしなども添えていますよ。かぼちゃがありましたので、スープも作りました。

藤島さんも来ていました。やっぱり夜の営業初日ってことで、自分でも本を買ってコーヒーを飲んでくれましたよね。

「こういう夜の献立もちゃんと考えておいた方がいいね」

カレーを頬張りながら、研人が言います。

「そうだな。でも、カレーとかシチューとか、温め直しても美味しいものになっちゃうだろうけど」

「かんなは毎日カレーでもいいよ」

「鈴花も」

「オレも」

研人もですか。皆カレーが大好きですよね。

「冬なんかは鍋物とかが簡単ですけどね」

「いいねぇえ、冬は毎日鍋でもいいよぉ。バリエーションも豊富だしぃ」

「私、考えてみましょうか」

美登里さんです。

「美登里さんが？」

「仕事でやっているんですけれど、ＮＰＯ関連の食堂とか」

あぁ、と皆が頷きます。フードバンクとか、食品ロスとか、そういう関係のお仕事をしていますからね。

「美登里さんはもう料理の専門家でもあるものね」

亜美さんです。

「胸張って言えるものでもないですけれど、メニューも考えるんですよね。シングルマザーのための簡単にできて栄養たっぷりのものとか」

なるほど、それが必要なのはよくわかります。亜美さんも頷いています。

「本当に、そういうものがあると助かる。メニューの考案だけじゃなくて、そういう食材を安く手に入りやすくするとか、フードバンク関連で上手《うま》く回すとかやっているんでしょう？」

「そうですね。なので、父子家庭とか母子家庭だけじゃなくて、反対にこういう大家族のためのものも充分考えられるし、作ってみたいんですよね」

「あれだねぇ、大家族の場合はぁ、ただ餌みたいに大鍋で作ればいいっていうだけの料理じゃなくてぇ、ちゃんとした食事としてねぇ、そういうものでしょう？」

そうですすそうです、と美登里さん嬉しそうに頷きます。

「今日だって、感心したんです。カレーだけじゃなくてちゃんと付け合わせでお茄子を焼いて料理にしちゃって、いつも同じにならないようにしてる。私、ここに来てもうずっと亜美さんやすずみが凄いなって。毎日毎日、この大家族にレストランのようにメニューを作ってる。食の教育っていうのが実践されているんですよね」

「いやいやいや」

亜美さんが恐縮します。でも、皆はうんうん、って頷いていますよね。

「私も、ずっと思ってました」

芽莉依ちゃんですね。

「堀田家の食卓はすごいって。そういう本を出したいって思うぐらいに。よっぽどお義父さんにそういう本を書いたらどうですかって言ってみようかって思っているぐらい」

一瞬、皆が芽莉依ちゃんの〈おとうさん〉という言葉に反応しました。

普通に一緒に生活していると、そんなに頻繁に芽莉依ちゃんが紺を呼ぶこともないですから、まだピンと来ないんですよね。紺が芽莉依ちゃんのお義父さんだってことに。

「いや、その手の本はなぁ」

紺が苦笑いします。

「僕がものすごい大家になって、もう少し年を取ったときに書いたら様になるかもしれないけどね」

まぁそうですよね。

「そうしてもらうか。せっかくの申し出だからな。あれだよ美登里ちゃん、飯を作るのは女性陣ばかりじゃねぇからな。俺らだって作れるんだから、レシピは大きな文字で作ってくれよ」

笑います。そうですね。老眼鏡なしで新聞が読める勘一よりむしろ、我南人と、実は紺だってもう老眼が入ってきてますからね。

「わかりました」

良かったですよ。そんなふうに思う必要はまったくないんですが、美登里さんもいつもご飯を食べるだけで申し訳ないとか言ってましたからね。

夜十一時までの営業、初日が終わりました。

十一時になる前、十時半にはお客様が全員いなくなったので閉めてしまって、皆で売り上げなどを確認しました。

「いや、しかしやってみるもんだな」

「本当だねぇ」

「こんなに賑わうとは思わなかったね」

勘一も我南人も紺も、本当に驚いていますよ。

いつもはこの時間にはもう自分の部屋に引っ込んでいる勘一や我南人、花陽も芽莉依ちゃんも研人も、全員が集まってきましたね。美登里さんも藤島さんもやってきましたよ。

「ま、まだざっとの計算ですが」

青です。

「カフェはいつもの倍、古本屋に至っては三倍の売り上げを記録しております」

古本屋の売り上げはそもそもの額が小さいので三倍でもまったく大金ではありませんが、凄いですね。

一万円しかない売り上げが三万円にもなる計算ですからね。

「大したもんだなぁ。まぁいつもいつもこうなるわけじゃあねぇだろうけどよ」

「そうだね」

紺も頷きます。

「あれですよね。やっぱり仕事帰りに本屋に寄ろうっていう人が多いんですよ」

亜美さんです。

「新刊書店なんかは確実にそうですし、古本屋にもその傾向はあると思いますよ。神保《じんぼう》町《ちょう》だってその辺の時間まで開けばもっと賑わうんじゃないですか？　ハマったんですよ。うちの前を通る皆さん、ここがもう少し開いていればなぁって思ってたんですね」

「そういうことなのかもしれねぇな」

うんうん、と勘一頷きます。

「まぁこれで、夏の間はずっと夜の営業を続けるっていう目処《めど》は立ったね。花陽、和ちゃんには言ったんだろう？」

紺が訊くと、花陽も頷きます。

けど」

「言った。すっごく喜んでた。これでうちでずっとバイトができるって。和ちゃん本当に喫茶店の仕事が好きなんだよね。じゃあ医者にならないで家業を継げよって話なんだけど」

笑います。

「というわけで、我が家にもタイムカードを導入するから」

青が指差します。もう設置してありますよ。今まで和ちゃんや玲井奈ちゃんにバイトしてもらっているときには、手書きの出勤簿でしたからね。

「和ちゃんには、学校が終わってからの夜のバイトと、土日のバイトのシフト表を自分で書いてもらって。とりあえず、一週間ごとに」

「うん」

「で、ちなみに家族の皆さんのタイムカードも作りましたので、夜の時間に仕事に入った人は捺《お》していってください。ただし、あくまでも今後の参考資料としてなので、バイト代を払うのは我が家では芽莉依ちゃんだけです。もしも藤島さん美登里ちゃんもやってみたいならタイムカード作るけど？」

青が言って、藤島さん、真面目に頷きました。

「いや、これはぜひやってみたいです。特に夜の古本屋は」

古本屋に人はいらないのですが、藤島さんならずっと帳場に座っていそうですね。

「私も、カフェの方はやってみたいです」

「藤島にバイト代は出さねぇが、美登里ちゃんには出しましょうかね」

勘一が言います。そうですね。

二

夜の営業を始めてから、一週間ほどが過ぎました。

驚いたことに、好調なのですよね。

毎日、売り上げ倍増というわけにはいきませんが、人件費やらの兼ね合いを軽く計算しても、夜営業した方が利益が上がっています。

夜には今まであまり来なかったお客さん、特に若い人たちが来ますね。そして会社帰りの方々や、近所の商店の皆さん。

近所の商店の皆さんはもちろん昼間は自分たちのお店をやっていますから、我が家に来られなかったのですが、営業が終わってからもうちがやっていると、どれコーヒーを一杯と来てくれるようになりました。

嬉しいですよね。ご近所の輪がまたひとつ大きく太くなっていくような気がします。

そう、お坊さんが来られたのですよ。

この辺はお寺がやたら多いですから、お坊さんを見かけることはそんなに珍しくもないのですが、今までカフェに入っていらしたことはありませんでした。そもそも法衣姿でカフェでコーヒーを飲んでるお坊さんって、あまり見ないですよね。

でも、やっぱり夜やっているからでしょうかね。ふい、と法衣姿のまま入ってきて、コーヒーを飲んで帰っていったのです。

一度も見たことがないお坊さんでしたけれど、まぁそもそもご近所のお坊さんを皆、把握しているわけではありませんから。

和ちゃんも、平日も学校が終わってから我が家にまっすぐやってきて、ホールでバイトを始めました。今まで土日や夏休みなどは入ってくれていたのですから慣れたものですよね。晩ご飯も賄いということで我が家で食べるようになりましたが、これもいつものことですから。

何か、また一人うちの孫か曽孫が増えたような気がしますよね。大切なお嬢さんをお預かりしているんですから、喫茶店をやっているという和ちゃんのご両親にも一度はご挨拶したいものですよ。

今日は月曜日。

午後七時を回ったところで、カフェにはお客さんがけっこう入っています。和ちゃんが先に晩ご飯を食べているので、青がホールに出て片づけものをしています。

　カウンターの中にはすずみさんですね。

「うん？」

　青がトレイを持ったまま止まりました。どうかしましたか。

「本だ」

　そう呟《つぶや》いて、椅子の上から文庫本を取ります。そんなところに本があったんですか？

　お客さんの忘れ物でしょうか。

　青が少し首を傾げながら、本を持ってカウンターに戻ります。

「すずみ、三番テーブルに客っていなかったよな」

「三番？」

　すずみさんがそっちを見ながら少し考えます。

「いたのはもう随分前だったと思うけど、わからない。どうして？」

「この文庫が椅子のところに置いてあった」

「文庫本？」

　古いですね。明らかに古本です。

「筒井康隆《つついやすたか》さんの『ロートレック荘事件』ね。うちの？」

　青が裏表紙を捲ります。

「うちのだ。百円だね」

「状態が悪いものね。ワゴンで売っていた本ねきっと」

確かに状態が悪いです。これはもう五十円でもいい状態ですね。

「あれ？」

「どしたの？」

パラパラと捲っていた青が声を上げて、真ん中付近のページから何かを抜き取ります。

「千円？」

「千円だ」

千円札が、出てきましたね。どういうことでしょう。

「え、何だろう」

「何でしょう」

二人で首を捻りますね。

「お客様が忘れた本の中に千円札が挟まっていた」

すずみさんです。

「うちで売るときにこれを見落とすはずないね？」

青です。

「ないわ」

きっぱりと、すずみさんが言います。絶対にありませんね。すべてチェックしますから。

「するとこれは、この本を買って持っていた人が、千円札を挟んだってことだ」

そういうことになりますね。うーん、と二人で唸ります。

「お財布代わりにしていた？」

すずみさんです。

「今はね、キャッシュレスでスマホでピッ、とかだから、現金を持ち歩かないいんだけど、いざというときのためにこうしていつも持ち歩く本に千円を挟んでおいた？」

なるほど。理屈としては通りますが。

「千円じゃあ、いざというときの頼りにはならないよな。せめて五千円とか一万円とか」

「そうね」

確かにそうですね。まぁ五千円も一万円も本の間に挟んで持ち歩くような人はあんまりいないとは思うのですが。

「とりあえず忘れ物ってことで、カフェに置いておこう。向こうに持ってって紛れちゃうと大変だ」

「うん、忘れ物の箱の中に入れとく」

そうしましょう。そのうちに取りに来るかもしれません。

翌日の火曜日の夜です。

「あれ？」

学校が終わってまっすぐうちに来て、ホールに出ていた和ちゃんが声を上げました。時刻は夜の十時です。

「忘れ物だ」

和ちゃんが手を伸ばして椅子の上から取ったのは、文庫本ですね。また本の忘れ物ですか。昨日もありましたよね。

和ちゃんがカウンターまで持っていきます。

「すずみさん、これ忘れ物です」

何だろうと見たすずみさん、眼を丸くしました。

「え、どこにあったの？」

「一番のテーブルです。椅子の上にありました」

「また？」

「また？」

和ちゃんは聞いていませんからね。

「昨日もあったのよ。文庫本の忘れ物。それ、うちの本かしら？」

和ちゃんが裏表紙を捲りました。

「そうです。〈東京バンドワゴン〉の値札あります」

「やっぱり」

これは、矢作俊彦《やはぎとしひこ》さんの『真夜中へもう一歩』ですね。作品自体はとても素晴らしい小説なのですが、本としての状態はかなり悪いです。

これも、ワゴンの中の本でしょうね。

すずみさんが文庫本を和ちゃんから受け取って、パラパラと捲りました。

「あった」

「え、千円？」

また千円札が入っていたんですか？

「これは」

すずみさんが思いっきり難しい顔をしましたね。

「謎ね」

「謎なんですか」

「昨日に続いて、二冊目なのよ。こうしてうちの五十円百円の文庫本に、千円札が挟まった忘れ物があるのは」

今度は和ちゃんの眼が丸くなりました。

「本当に謎じゃないですか」

「久しぶりに面白くなってきたわね」

何を言ってるんですかすずみさん。面白がってはいけませんよ。

＊

筒井康隆さん『ロートレック荘事件』
矢作俊彦さん『真夜中へもう一歩』
星新一《ほししんいち》さん『ボッコちゃん』
アーウィン・ショー『富めるもの貧しきもの〈上〉』
ヘミングウェイ『老人と海』

五冊の文庫本が座卓の上に並びました。最初の日から五日経っています。つまり毎日忘れ物の文庫本があったのですが、今日はありませんでした。

火曜日の段階で皆には伝えてあって、これで毎日出てきたらどうしようなんて言っていたのですが、五日間連続してしまったのですよ。

しかも、三日目からは充分注意していたはずなのに、椅子の上に置かれた文庫本は、誰が置いていったかまったくわからなかったのです。

それはしょうがないですね。何せ、夜の営業は絶好調なのです。ほぼ十時過ぎまでお客さんがたくさんいて、常にホールに眼を光らせることはできません。それに、椅子の上というのは、立って働いている人間にとっては死角になるのですよね。

カウンターからはもちろんですし、ホールを歩き回っても椅子の上はほとんどテーブルに隠れてしまって見えませんよ。

「さーてなぁ」

勘一が腕組みして睨《にら》みます。これだけの本が揃ってしまったのです。中に、千円札が挟まった文庫本です。

我南人に紺に亜美さん、青にすずみさん、研人も花陽も芽莉依ちゃんも居間に揃って文庫本を見つめています。バイト終わりの和ちゃんも気になるからと残っています。泊まっていくそうですよ。もちろん、かんなちゃん鈴花ちゃんは寝ています。

「どういうこったかな。どうだ、何か共通点とかあるかよ」

「ないと思うなぁ」

紺が首を捻ります。

「小説というだけだね」

「前にもありましたけど、誰かのいたずらで、アナグラムで暗号になっているとか」

すずみさんが言いましたが、青が首を横に振ります。

「そんなことがあったんですか？」

和ちゃんです。

「あったのよ。いろいろあるのよ、うちにいると」

「さっきからいろいろ考えているけど、まったく意味にならない。作者の頭の文字を並べても〈つ・や・ほ・あ・へ〉」

わけがわかりませんね。

「入れ替えても日本語にならない。せいぜい〈や・つ・へ・あ・ほ〉。〈奴《やつ》へ、アホ〉。どうよこの暗号」

「ムカッと来るわね」

亜美さんです。

「アホと言われてもねぇえ。確かにアホかもしれないけれどぉ、千円貰う意味がわからないなぁあ」

「小説のタイトルに至っては、もう全然〈ロ・ま・ボ・と・ろ〉。まぁ〈ロボとまろ〉っていうなかなか面白そうな小説のタイトルにはなるけどね」

紺が言いますが、確かに〈ロボとまろ〉は面白そうですね。ロボットと麻呂がコンビを組むなら読んでみたいですが。

「中身を確認しても、どこかに印があるとか傷があるとかの暗号めいたものはなにもなし。本当にただの状態が悪い文庫本」

「千円札ももちろん本物。まぁとんでもなく精巧な偽札だったら僕らにはどうしようもないけどね」

「そういう小説書いたら兄貴。書けそうじゃん。ただの古本屋が偽札をきっかけに巨大な陰謀に巻き込まれていくの」

「無理だ」

紺には無理ですね。

「あ、共通点あるじゃん」

研人です。

「何だよ」

「全部、店の前のワゴンで売ってたもの」

「まぁそりゃそうだ」

「でも、そうなんだよね」

紺です。

「間違いなく、うちの店先のワゴンで売られていた本なんだ。つまり、うちの古本屋のお客さんが、カフェのお客さんにもなっているという事実がここにあって、それが共通点。わかっているのはそれだけで、後はもう、この次また置かれることがあったら今度こそ誰が置いたかを見つけるしかないってことだね」

「そういうこったか」

「あの、これですね」

芽莉依ちゃんです。

「この後の話になりますけど、忘れ物として扱わざるをえないですよね。拾得物だとすると、警察に届けなきゃならないと思うんですけど」

おお、と勘一が言います。

「忘れてたぜ。千円が入ってるしな。どうするよ」

うーん、と紺が唸ります。

「拾得物は本来、一週間以内に警察に届けるべきなんだけれども、二度手間にはなるよね。確かにれっきとした拾得物だけど、誰かがわざと置いていったんだろうから、うちで保管しておけばいいと思うよ」

「しばらくはだねぇ。何もわからなかったらさ、交番に相談してみればいいよぉ」

「そうだな」

お金を使わなければ何も問題はないでしょう。

とにかく、落とし主、いえ置いていった人がまたやってくることを祈るのみですか。

＊

日曜日の夜です。

「ただいまー」

九時半を回った頃に、カフェに研人が入ってきました。バンドメンバーのドラムの甘利くんとベースの渡辺くんも一緒にです。今日は貸しスタジオで練習をすると言っていましたよね。晩ご飯も皆で食べてくるからと。

揃って帰ってきたということは、これから研人の部屋にでも行くのでしょうか。

「お帰り」

「お邪魔しますー」

「どうもー」

そのままカウンターにあるスツールに座ります。カウンターに座るのはほとんど常連さんか家族です。

カウンターの中にはすずみさん、ホールにはアルバイトの和ちゃんが入っていました。さっきまでほぼ満席で青もいたのですが、さーっとお客様が引けていって暇になったので、家の方の仕事をしに戻っています。

明日は月曜日ですからね。もうそろそろ皆家に帰る頃ですよね。

カフェの中には三組のお客様が残ってました。一組はスーツを着たサラリーマン風の男性二人、もう一人は法衣姿のお坊さん。この方、前にも来たことありますよね。こうやって夜に法衣姿でコーヒーを飲んでいたのを覚えています。頭は坊主ではないのですが、それは宗派によりますか。

そして、唯一の女性客がちょっと小さく声を上げましたね。きゃっ、っていう感じの可愛らしい声。

きっと〈TOKYO BANDWAGON〉のファンなのではないでしょうか。

研人も気づきましたよね。そしてこの子は我南人と一緒で、人懐こいというか馴《な》れ馴《な》れしいというか、ニコッとあの可愛らしい顔で微笑んで対応するんですよね。

「あの」

女の子、子と言っては失礼ですかね。もう二十歳過ぎのお嬢さんだと思いますけれど立ち上がりました。

「〈TOKYO BANDWAGON〉の研人さんですよね」

「そうですー、うちのファン？　ありがとう来てくれたんだ。嬉しいなぁ」

これですよね。今にも「LOVEだねぇ」と言い出すんじゃないかと思ってしまいます。

「サインする？　いいよー。CDある？　今このカウンターにね、ライブ会場でしか売ってないオリジナルCDあるんだけど。買ってくれる？　嬉しいなぁ、じゃあそのコーヒー僕奢《おご》っちゃうよ」

まったくもう、です。

甘利くんも渡辺くんもよーく知っていますから、ただ一緒にニコニコしているだけですね。絶対にこの血は我南人から青、研人に受け継がれているのですよね。我南人はいったいどこから受け継いだのでしょうか。

勘一も義父の草平さんもこういうタイプではありませんから、案外初代の達吉さんか、それよりもっと前のご先祖様かもしれませんね。江戸時代まで遡ればこういう堀田さんがいたのかもしれません。

でも、そのお嬢さん、ちゃんと甘利くんと渡辺くんのサインももらっていました。嬉しいですね。

本当にファンの方というのはありがたいですよ。

サインをしたお嬢さんも帰りました。

残っているのはお坊さんだけですね。今日は暇な夜になりましたかね。でも日曜の夜ならこんなものでしょうか。

研人たちも部屋に戻ろうとしたときです。

メロディが鳴り響きました。

いいえ、メロディじゃないですね。これはコードです。和音。ギターのコードが、カフェの中に鳴り響いたのです。

「うん？」

「え？」

カウンターに座っていた研人も、渡辺くんも、甘利くんも、音の出所を同時に探してきょろきょろしました。

カフェに流れている音楽は、基本的にはジャズやオールディーズポップスが多いです。お客様の平均年齢が高いですから、流行《はや》りのものはあまり流しません。我南人たちや研人たちのバンドのアルバムなんかもかけないようにしているんですよ。それはあまりにも露骨だな、と。

今、スピーカーから流れている音楽も古いジャズです。有名なルイ・アームストロングさんですよね。でも、あのギターの音は、明らかに違うところから聴こえてきましたよ。

きっと帰ろうとしたのでしょうね。立ち上がって財布でも取り出そうとしていた法衣姿のお坊さんもちょっと驚いたように眼をパチパチさせています。どうしてギターの音が聴こえたんだろうと思っているんじゃないでしょうか。

カウンターの中にいたすずみさんと、ホールにいた和ちゃんも、なんだろうときょろきょろしました。

「今の、ギターの音、ですよね」

和ちゃんです。

「研人くん、弾いた？」

すずみさんが訊きます。

「いや？　アコースティック持ってきてないし、今手ぶらでしょ」

そうですよね。さっき研人が抱えてきたのはエレキギターです。

「あれだ」

渡辺くんが気づいたみたいで、立ち上がって入口のところまで歩きます。ちょうど扉が開く奥の壁は照明が届かないので、夜になると薄暗がりになるのですよね。そこで屈《かが》んだ渡辺くんが、アコースティックギターを手にしました。

ひょいと持ち上げて、戻ります。

「何であんなところにギター？」

「研人の？」

「我南人さんの？」

お客様が持ってきたはずはないですね。持ってきていたらわかるはずですし、何よりもケースに入っているのならともかくも、裸のままで入口のところに置かないでしょう。

「どうしたのぉお、ライブでもやるのぉお？」

我南人がカフェの裏から入ってきましたね。耳が良いですから、向こうにいても音が聴こえたのでしょう。

「じいちゃん、こんなの持ってた？　あそこに置いた？」

「あそこ？」

研人が入口を指差します。

「まさかぁ、あんなところに置くはずがないねぇえ」

「マーチンD－35じゃん」

渡辺くんが言います。そういう名前のギターなのですね。わたしでもマーチンの名前は聞いたことがあります。

「いいギターだよ。使ってる人あまり見たことないけど」

研人が言います。

「どうして鳴ったんだろう」

「コードが鳴ったよね」

「Cだったよな」

Cコードですか。そういう和音のことですよね。ギターですから、正しい弦を指で押さえないとコードは鳴らないのです。

ですから、あり得ないんですよね。そこに置いてあっただけのギターが、Cコードを鳴らすというのは。

「ちょっとした怪奇現象じゃん」

「夏の夜だし」

そこで、怪奇現象というので何かを連想してしまったんでしょう。研人たちがちらりとそこにいるお坊さんを見ましたよね。

我南人も、あれ？　という感じで、そこに立っているお坊さんを見ました。

「ひょっとしてぇ、正《しょう》ちゃんじゃないぃ？〈ローズ&ボーズ〉の正ちゃん！」

正ちゃん？

我南人のお知り合いのお坊さんでしたか？　でも〈ローズ&ボーズ〉と言いましたよね。そんな名前のグループが昔にいたような気もするのですが。

正ちゃん、と我南人に呼ばれたお坊さん、何故か溜息《ためいき》をつきました。苦笑いを浮かべます。

「我南人さん。ご無沙汰していました」

「うん、来てくれたのぉ？　いやぁ、会うのは何十年ぶりだろうねぇえ。二十年？　三十年？」

そんなに会っていなかったお知り合いですか。

お坊さん、頭を下げました。

「ごめんなさい。すみません」

突然謝られた我南人が、眼を丸くします。

「そのギター、俺が持ってきました」

「正ちゃんが？」

そうなのですか？

「我南人さんに、貸してもらったギターです」

お店はもう片づけて掃除をするので、居間に上がってもらいました。どこからどう見ても、立派なお坊さんなのですが。

お名前は、蠣崎正太《かきざきしょうた》さんだそうです。

「〈ローズ＆ボーズ〉なぁ」

まだ起きていた勘一が、お茶を飲みながら少し懐かしそうに言います。

「覚えてるぜ。ＬＰ一枚出したよな。ありゃあ何年前だった」

「もう、四十年も前です」

そんなに昔でしたか。確かに、四十年前ならまだＬＰの頃ですね。ぎりぎり、ＣＤはなかったのではないでしょうか。

「正ちゃん、いくつになったぁ？　確かぁ僕より大分下だったよねぇ」

「そんなに下でもないですよ。もう六十三です」

六十三歳ですか。随分とお若く見えますね。

「確か、うちに遊びに来たことがあったよな。そんときも、坊主の格好をしていなかったか？」

「していました」

「それがユニフォームだったよねぇ」

実はお寺の次男坊だそうです。お寺は長男の方が、本物のお坊さんになって継いでいるとか。それで、蠣崎さんはお坊さんの袈裟《けさ》を着けてライブをやっていたとか。

「ローズさんは？」

研人が訊きました。気になりますよね。

「ローズは、女の子でね。野原の原と書いて〈ばら〉っていう珍しい名字だったんだよ」

「あ、それでローズ」

なるほど、実はそのままのグループ名だったのですね。

「ちょうど、そのときですよ我南人さん。俺にマーチンD-35を貸してくれたんです。

使ってないからいいよぉって」

「そうだったぁ？」

覚えていないんですね。そもそも忘れていたんですものね。あの頃、我南人の部屋にはアコースティックギターもかなりたくさんありましたから。

「そのまま盗んだんですよ。返さないで。ミュージシャンを諦めた後も、ずっと」

「そうだったのかぁあ」

覚えていないんですから、あげたも同じだとは思いますが。

「それで、俺、生活が苦しくて売っ払ったんですよ。マーチンを」

売ったんですか。でも、今そこにありますよね。

「ずっと、ずっと心に引っかかっていて、本当は大ファンだったのに我南人さんたちの曲も聴けなかった。どこかで聴こえてきたら、聴こえないふりをして」

苦しそうな顔で、蠣崎さん話します。

「俺、リサイクルショップの会社で働いていたんですよ。定年退職はしたんですけれど、嘱託ってことで、今は以前店長をしていた店で店頭に出ています」

「いろいろあるよねぇ、ああいうところ。楽器もたくさんあってさぁ」

「そうなんですよ。それで、あのギターが」

「え、来たんですか？」

研人です。こくり、と蠣崎さん頷きます。

「自分が売ったこのギターが、この前持ち込まれたんですよ。驚きました。調べても、間違いなかったんです。我南人さんが付けた傷も、俺が付けた傷もありました。本当に、本当に俺が二十年前に売ったギターだったんです」

まさか、そのギターが自分が働くリサイクルショップに持ち込まれるとは、思いもしませんよね。

我南人が、少し何かを考えるように天井を見上げます。

「じゃあぁ、二十年ぐらいは、ずっと弾いていたんじゃないのぉ？　このギター。ミュージシャンやめても、持っていたんでしょう？」

「そうですね。二十年、それぐらいはずっとこいつを弾いていました」

相棒だったんですよね。でも、盗んでしまったという思いと、売ってしまったという思いですか。

「そして、その日に昔馴染みにバッタリ会ったんです。そいつが、我南人さんの〈東京バンドワゴン〉が夜営業を始めたんだぜって教えてくれて」

「へぇ」

「運命なんだと思いました。昼間じゃなく、夜だったらって」

自分で、このギターを店から買った。高かったけれども、無理やり買って、返しに来たんです、と、蠣崎さん、言います。

「でも、直接会って盗んだことを言う勇気がなかったんです。それで、何度か来るうちに店の様子もわかったので、入口の暗がりなら、ギター置いても見えないなって。法衣を着てきたらその下にギターも隠せるなってね。まさか坊さんがギターを抱えているなんて誰も思わないだろうって、この年でそんな卑怯《ひきょう》なことを考えて」

俯《うつむ》きました。

「返しに来てくれたんだねぇ」

そうでしたか。

わざわざ買い戻して。そんなに長い時間が経っているのに。

「でも、どうしてCコードが鳴ったんだろう」

研人です。蠣崎さんも、顔を上げて頷きます。

「それだけは、本当に不思議だ。心底驚いたよ」

我南人が、何か考えましたね。

「正ちゃんぅ、このギター買い戻してからさぁ、しばらく弾いたりしなかったぁ？」

あ、と口を開けます。

「実は、弾いていました。懐かしくて、愛《いと》しくて、買ってから一週間ぐらいは毎日弾いて」

ふーん、と、納得したように我南人が頷きます。

蠣崎さんと、ギターを見ます。

「LOVEだねぇ」

「え」

LOVEですか。ここで。どうしましたか。

「このギター、君のものだよぉ。このままだとここに置いていかれると思ったから、また別れてしまうと思ったから、ギターが自分で鳴ったんじゃないのぉお」

「まさか」

そんなことが、ありますか。

「ギターに魂が宿ることなんかぁ、僕らミュージシャンなら誰でもわかってるよねぇ。研人たちもまだ若いけどわかるでしょうぉ。あるよねぇ、正ちゃん。ギターがさぁ、僕らの声に応えてくれることがさぁ。とんでもなくいい音で鳴ることが、泣くことがあるよねぇ。一度ぐらい、そう思ったことがさぁ」

蠣崎さん、じっと我南人の顔を見て、それからギターに視線を落とします。見つめます。

「ある。あるよ我南人さん」

研人も甘利くんも渡辺くんも、静かに頷きました。わかるのでしょうか。三人ともそんな経験があるんでしょうか。甘利くんはドラムで渡辺くんはベースですが、それぞれの楽器が思いも寄らない音で、自分たちに応えてくれることが。

「持って帰りなよぉお」

「でも」

「これからもさぁ、店に来てコーヒー飲んでいってよぉお。なんだったらさ、その坊主姿のまんま、説法ライブとか銘打ってやったらぁ？　うちでやれるよぉ」

「まさか」

蠣崎さん、顔を顰めて、首を横に振ります。

「何にもものにならなかった俺が、どうして今頃、こんな年になってライブができるんですか」

我南人が口を尖《とが》らせ、少し考えます。それから、ギターをぐいっと蠣崎さんの方へ持っていきました。

「正ちゃんさ。〈ローズ&ボーズ〉のときのあの曲歌ってよぉ。〈夜明け〉」

「〈夜明け〉？」

どんな歌なのでしょう。

「いいだろぉ？　お詫《わ》びに来たんならぁ、そんなのいらないから一曲歌っていってよぉ。僕あの歌大好きだったんだぁ」

蠣崎さんが、ひとつ息を吐きました。ギターを手に取ります。我南人がニコッと笑《わら》って自分のジーンズのポケットから何かを取り出しました。ピックですね。ギターピック。ギターを弾くためのセルロイドやナイロンなどの三角の板です。

いつもそんなのを持ち歩いているんですか。

蠣崎さんが、ピックを取り、そしてギターを抱えます。

弦を、かき鳴らしました。

C。

研人が、呟きました。

この曲の最初のコードはCだったのですね。

ピックで弦を弾《はじ》くようにして鳴らし、イントロが始まり、そして歌い始めます。

静かな曲です。スローバラードなんですね。

そして蠣崎さん、力強い声です。太く、そして通ります。ゆっくりと、噛《か》みしめるようにして歌います。

たとえどんな嵐が来ようと、夜明けはやってくるんだという歌です。人生の応援歌のような感じでしょうか。

いい曲ですよ。

蠣崎さん、素晴らしいボーカリストです。贔屓目抜きで、我南人も研人もいいボーカリストですが、蠣崎さんも決して引けを取りません。

売れる売れないは関係ないんですよね。素晴らしいミュージシャンというのは、本当にたくさんいるんですよ。違いは、表舞台に立てるか立てないか、消えていくか残るかだけです。

でも、立てずとも、消えようとも、そこにいるのは素晴らしいミュージシャンなんですよ。そうあり続けることは、できるんですよね。

最後のコードを弾き鳴らし、曲が終わると、皆が拍手しました。おざなりではなく、本物の拍手ですよ。勘一も、思いっきり頷いています。

「いい曲だ」

「ありがとうございます」

「本当にいい曲。蠣崎さん、これって出てるんですか？」

研人が訊きました。出てるのかとは、世の中に何らかの形で出ているのか、ですね。

蠣崎さん、首を横に振りました。

「いや、これはライブのときにしか歌っていなかった。次のアルバムには入れようと思っていたんだけど、結局出なかったんだ」

苦笑いします。

「蠣崎さん、この曲、オレ歌っていいですか？」

「え？」

「めっちゃ良いですよ。ゼッタイにオレなんか作れない曲。歌ってみたい。ライブで歌ってみたい。アレンジはかなりしたいんだけど、どうですか？」

本気の顔ですよね。

蠣崎さん、驚いて我南人を見ました。我南人も、頷きましたね。

「本気で言ってるねぇえ。僕もいいと思うよぉ。今の研人たちの曲じゃあないけれどもぉ、ライブで歌って何年後かには自分たちの曲にできるんじゃないかなぁ」

きっと、さっき思いついたんでしょうけれども、我南人もそのつもりで歌わせたんでしょうか。研人がそう言い出すんじゃないかと思ったんでしょうね。

蠣崎さん、微笑みます。

「光栄だ。こちらこそ、こんなので良いなら歌ってくれ。俺の作詞作曲だから誰にも文句は言われない。歌詞の方は後で送るよ。コードは、〈LOVE TIMER〉の代わりも務めた〈TOKYO BANDWAGON〉なんだから、もう覚えたろう？」

「覚えました」

研人も渡辺くんもニヤリと笑いましたね。一度聴いただけで覚えてしまうというのは、曽孫たちながら本当に凄い才能の持ち主なんですね。

ありがとう、と、蠣崎さん、呟くように言います。少し、瞳が潤んでいますかね。

「何だったら、歌詞は少し古くさいから変えてもかまわんよ」

「もし、そんなふうに思ったら連絡します」

そうですね。でも、今聴いた限りでは全然古くさくなんかないですよ。今はむしろそういう少し古い感覚のような歌詞だって多いですからね。

「蠣崎さんよ、帰る前に、ひとつ訊きたいんだがな」

勘一です。蠣崎さんが帰り支度を始めたところで言いました。

「はい、何でしょう」

「お前さん、うちにコーヒー飲みに来て、文庫本を忘れていかなかったかい？」

あの文庫本ですか。千円札を挟んでいた。

あ、と、皆が思いましたよね。ひょっとして蠣崎さんが、我南人へのお詫びのつもりだったのかと。

でも、蠣崎さん、きょとんとした顔をして勘一を見ています。

「いいえ？　忘れていませんね。そもそも俺は本を持ってここに来たことはないですが」

これは嘘《うそ》を言っている顔ではありませんね。

本当に、何でそんなことを訊くんだろうと不思議がっている顔です。

「あ、そうかい。いや、それならいいんだ。変なこと訊いて悪かったね」

蠣崎さんが帰って行きました。あのアコースティックギターは裸で法衣の下に隠していたものですから、我南人が余っているハードケースを貸してあげましたよ。そうなんです。そのまま差し上げるのかと思ったら、我南人は今では手に入らない貴重なハードケースなので、いつか返しに来るようにと言っていました。

まぁたぶんそれは冗談で、蠣崎さんがまた来られるように言ったことなんでしょう。

「違ったかぁ」

勘一です。

「俺ぁてっきりこいつだな、って思ったんだけどな」

「俺も思った」

青ですね。

「条件にはぴったりでしたけどね」

すずみさんも言いますが、違ったものはしょうがありません。

でも、本当に謎が残っていますね。

*

蠣崎さんのギターが鳴るという不思議なことがあった日から、一週間経ちました。

蠣崎さん、一回来てくれましたよね。今度は普通の格好をして、我南人から借りていったハードケースを持ってきました。ちゃんと別のハードケースを自分の店で買ったからご心配なくと。そして、研人に歌詞とコード譜を置いていきました。我南人と話し込んでいましたし、本当にライブができるならやってみたいという話をしていましたから、もう大丈夫でしょうね。

この一週間は、文庫本が置いていかれることもなかったのです。これでもう終わったのか、結局あの本とお金は拾得物として警察に届けた方がいいか、それとも店の忘れ物として、もうしばらく保管しておいた方がいいか、などと話していたんですよ。

その日の夕方です。

「よ、まいど」

祐円さんが、ひょいという感じで入ってきました。珍しいですねこの時間に古本屋にやってくるのは。そしてちゃんと神主の袴《はかま》をはいて、それらしい格好をしていますね。引退したとはいっても、なんだかんだとお仕事はありますからね。

「おう、どうした」

「勘さん、今夜は空いてるだろ？」

「今夜？　俺らはもういつお迎えが来るかもわかんねぇから、いつでも空いてるだろうが」

「そりゃそうだな。久しぶりによ、〈はる〉さんで軽くやらないか」

〈はる〉さんでですか。本当に珍しいですね。勘一も思わず眼を少し丸くしましたよ。

「二人でかよ」

いや、と祐円さん肩を竦《すく》めました。

「康円も一緒によ」

息子さんの康円さんも。

「まぁ勘さんが飲み過ぎないようにさ、お目付けに我南人でも紺でも青でもいいから、誰か連れて来いよ。俺の奢りだよ」

奢りですか。ますます勘一が眼を丸くします。どういうことでしょうね。

「おめぇ」

「何だよ」

「死ぬなら畳の上かせめて病院のベッドにするがいいぞ？」

「違うって！　誰が遺言聞かせるために呼ぶってよ。いいから来いよ？」

わかったわかった、と勘一頷きます。

さて、何があるのでしょうね。話があるのには違いないのでしょうけれど、わざわざ飲みに行こうとは本当に珍しいです。

夜になりました。

〈東京バンドワゴン〉の前の道を、駅の方向へ道なりに歩いていくと、三丁目の角の一軒左に小料理居酒屋〈はる〉さんがあります。

十五坪ほどの小さな店なんですが、二階が住居になっていて、コウさんと真奈美《まなみ》さんが二人でやっています。

〈はる〉さん、元々は真奈美さんのご両親である勝明《かつあき》さんと春美《はるみ》さんが鮮魚店から小料理居酒屋に転業したお店だったんですよ。魚を扱っていたのですから、魚介類の料理の新鮮さと美味しさは保証付きだと評判でした。我が家でも昔から通い詰めたお店ですが、もう勝明さんも春美さんも亡くなられました。

藍子や紺たちと幼馴染みといえる娘の真奈美さんが後を継ぎ、縁があって池沢さんの紹介で京都の一流料亭で花板候補にまでなったコウさんを迎え、そしていろいろありましたが真奈美さんはコウさんと結ばれて夫婦二人三脚でお店をやっています。一人息子の真幸《まさゆき》くんももうすぐ五歳になりますか。

女優を引退する前から、池沢さんが真奈美さんの親戚の慶子《けいこ》さん、という姿で店のお手伝いをして、赤ちゃんの頃から真幸くんのベビーシッターも買って出てくれています。

でも、もう真幸くんも幼稚園。再来年には小学生ですよ。おいたもしない大人しい男の子なので、近頃はお店で晩ご飯を食べて、そのまま寝る時間まで大人しくお店にいることも多いそうです。池沢さんのベビーシッターもそろそろ卒業かという話もしています。

〈はる〉さんは、居酒屋さんですからもちろんお酒も出しますが、お食事がとても美味しいので、ご近所の方々が家族連れで晩ご飯を食べに来ることが多いんですよ。

真幸くんのお友達の家族がやってくることもあり、そういうときには友達とお店で話したり遊んだりもしているんです。良いお店なんですよ。

まだ勘明さんと春美さんがお店をやっている頃には、勘一と祐円さん、それにご近所の顔馴染みの皆さんと飲みに来ることもよくありましたけれど、祐円さんに誘われるなんて本当に久しぶりです。

そもそも二人とももう米寿で、後期も後期、真打ちみたいな高齢者ですよ。お酒はほんの少しだけにしておかないとならないんですからね。

祐円さんと、康円さん、そして勘一と紺と我南人がやってきました。五人並ぶともうそれだけでカウンターは一杯です。

「本当に珍しいメンツですよねー」

真奈美さんです。

「いやぁ、康円と膝突き合わせるなんて何年ぶりだよ」

膝は突き合わせてはいませんけれどね。横に並んでいます。

「どれぐらいでしょう。青くんが結婚するとき以来ですか」

「あんときだって要はただの宴会だったからな。その後一回、六、七年前にここで飲んだんじゃなかったか。ひょっとしてこうやってしっぽり飲むなんてのはそれ以来かもな」

そうかもしれません。幼馴染みの息子さんですから一緒に飲みに行くなんてことは滅多にありません。

「さ、まずは夏野菜と豆腐のジュレを作ってみました。お好みで少し七味をかけても旨いです」

「お、こりゃあさっぱりとしてそうだな」

ガラスの器に彩り豊かな夏野菜と豆腐が固められています。美味しそうです。

「で、どうした祐円。話があるんだろ？」

おう、と、祐円さん応えます。お猪口《ちょこ》を口に運んで、ちびりと嘗《な》めます。本当にそれだけですよ。

「聞いた話だと思ってくれよ」

「聞いた話な。わかった」

「中年の男がいたんだよ。もうそろそろ定年を迎えようかっていう男でな」

うむ、と勘一頷きます。紺も我南人も聞いていますが、まだどんな話になるのかまったくわかりません。

「真面目な男だったんだ。学校を出て、就職して、結婚してな。家族ができてさ、あんまり裕福じゃあなかったが、家族のために毎日毎日、会社に通って一生懸命働いてさ。まぁどこにでもいるかもしれねぇが、そういう男」

「わかったぜ」

確かに、どこにでもいる普通の人なのかもしれません。でも、そういう普通の人がきちんと働いているからこそ、この世の中は回っているのですよ。

「ある日だ、そいつが通勤している道にな、古本屋があったんだよ」

「古本屋かぁ」

それは、ひょっとしてうちのことでしょうかね。祐円さん、またちびりとお酒を嘗めます。康円さんも黙って聞きながら、ちびりちびりとお酒を飲み、美味しいお料理を口にしています。

「どこの古本屋でもそうだろうけどな。店の前にワゴンで五十円とか百円とかの本があるだろうよ」

「あるな」

我が家にもありますね。毎朝、店の前に出しています。意外と通勤途中のサラリーマンの方などが手に取って買っていってくれるんですよ。

「そこにな、若い頃に読んでものすごく面白かった本があったんだとさ。あれ、と思い手に取って、何故かそのまま持っていっちまったんだな」

「うーん」

我南人が唸りました。

「あるよねぇ。急いでいるときなんかさぁ、意識がそっちに行っちゃっているから、手にしたものをそのまま持っていこうとするんだよねぇ。悪気があるわけじゃなくてさぁ」

「そうだな、あるよな。そいつもそうだったんだよ。盗もうなんて思ってなかった。手に取ったら、そのまま駅に向かって歩き出しちまった。気がついたら、もう電車に乗っていたのさ。文庫本を手にしたままな」

勘一が、うん、と頷きます。話が見えてきましたかね。

「その本を読んだ。やっぱり面白かった。しかし、どうするか。値段を見たら五十円だった。これぐらい、と思う気持ちがあったんだな。返せなかったんだよ」

「気持ちはわかるね」

紺が言います。

「はい、スズキのいいのがあったので、葱の難波《なんば》焼きにしてみました」

コウさんが、皿を出してくれます。話している合間を狙ってくれますよ。一流の料理人ですよね。

「旨そうだ。食えよ。話しながらよ」

「おう」

祐円さんも箸をつけます。

「それからさ、一週間ぐらいだ。どういうわけか、ふっと手が伸びちまう。合計で五冊。五十円、百円の文庫本を手にして返すことなく、持っていっちまった」

「それは、あれか」

勘一が、食べながら言います。

「その男は読んだのか？　面白かったかどうか、わかんのか」

「わかるぜ。これがな、全部小説で全部面白かったんだそうだぜ。味気ない、もうすぐなくなる通勤時間があっという間に過ぎちまったそうだ」

「そうかい」

「良かったねぇえ」

「面白いって思ってもらえるのが、本屋として最大の喜びだよね。もちろん、作者としても」

紺が言います。本当にそうですよ。

「そうさな」

勘一が少し笑って頷きます。

「小説を読むってことを何十年ぶりかで思い出してな、そいつの定年前の鬱々とした気分も吹き飛んだそうだぜ。しかしな、いざ定年退職したら、もうその古本屋の前を通ることもなくなっちまうだろうと思った」

「通勤しねぇんだからな」

「自分の罪は、罪。いざ返そうと思っても朝は時間がない。カフェもやっていたが、夜帰ってくる頃にはもう両方とも閉まっている。どうしたらいいかって思っていたらな。突然、カフェが夜も営業を始めたんだよ」

そうですね。この夏から始めてみました。

「チャンスだと思ったんだよそいつはな。持っていっちまった文庫本に千円を挟んだ。そして、帰り道にコーヒーを一杯飲んだ。そしてその文庫本を、自分が座っていない席の椅子の上に置いて帰ったんだよ。もちろん、コーヒー代は払ってな」

「それを、五冊分か」

勘一が、眼をちょっと大きくして言います。

「そうだな」

紺を見ました。紺も頷きます。

「ちょいと、多いんじゃねぇか？」

五十円、百円の本に千円では、確かに多過ぎますね。しかもコーヒー代も払っているんですから。

「詫びのつもりだったとな。向こうでよくやるチップと思ってくれても良かったと」

「チップな。なるほどな」

勘一、頷きます。我南人も紺も、なるほどね、と納得していました。

あの本は、そういうことだったんですか。

「しかしよぉ、その定年前の親父はよ、随分はしっこいんじゃねぇか？」

「そうだよね」

紺が笑います。

「ワゴンからさっと持っていって気づかれず、カフェの椅子にさっと本を置いて気づかれず。かなりの腕の持ち主だよね」

「それがな」

祐円さんも笑いました。

「こりゃあ、芸は身を助くって言っていいのかね？　その男の趣味は、手品なんだとよ。

忘年会でよく披露したって話だぜ」

「手品かよ。そりゃあ手が早いわけだ」

皆が笑います。本当に手が早いわけではなく、人の眼を盗むのが技術なんですよね。視線をずらしたり、他所《よそ》へ向けたり。そうしたことが上手い人なんでしょう。

「しかしよぉ、祐円。いくら聞いた話ってもよ。そいつのやったこたぁ万引きだわな。犯罪だよ。やっちゃぁあいけないことだ。そいつをただ金を挟んで返しただけで詫びってのは、虫が良過ぎるたぁ、思わねぇか？」

祐円さんも、康円さんも、うむ、と顔を顰めて頷きましたね。

「わかってんだよ。それでな、実はそいつには娘さんがいてよ。年喰《く》ってからできた女の子でそりゃあ可愛がってな」

「おう、そりゃわかる」

「近々、娘さんがな、結婚するそうだ」

あぁ、と我南人が声を上げます。

「なるほどねぇえ」

「まぁいろいろ相手に不満があるらしいが、娘が幸せになるんなら、とな」

「そんな不満もあって、か。そして万引きなんてものが娘の結婚前にわかっちまったら、か」

「おまけに、母親が認知症でな。介護の問題もいろいろ出ている。とにかく、今は、これしかできないってな。片づいたら、必ず詫びに行くって話なんだよ。自分で顔を出してな」

「それで、今はこれで勘弁してくださいって話か。そういうことがあったってことか」

「まぁ、そうだ」

「で、ここに康円がいるってことは、サラリーマンが定年間近といやぁ康円と同じような年だよな」

「案外、同級生とかなんだろうねぇえ。何せ家の前を通って出勤するんだからぁ」

我南人が言って、康円さん、ゆっくり頭を下げました。

「まぁ、素直にお話しすれば良かったんですけれど、あくまでも聞いた話にしとけと親父が言うもので」

「おう、聞いた話だろうさ。あくまでもな。なんたってやってることは万引きで犯罪だからな」

勘一が言います。

「そういうことだねぇ。聞いた話だよぉ。そしてさぁ、今度は僕らが話したことを、その人も聞くんだねぇ。まずはわかったって。その形の詫びはいったんは引き受けましょうってねぇ。必ず、またお出《い》でくださいって。カフェでも古本屋でもお好きな方でさあ」

「そうさな。そういうこった康円」

康円さん、はい、と頷きます。

「必ず、きちんとしてください、と、話が伝わるようにしておきます」

きっと誰かが、康円さんの話を聞いてくれるのでしょうね。

*

紺が仏間にやってきました。話せるでしょうかね。

おりんを鳴らして、手を合わせます。

「ばあちゃん」

「はい、お帰りなさい。お疲れ様でした」

「聞いていたんでしょ？〈はる〉さんで」

「聞いていましたよ。本当に不思議でしたけど、わかってみればそういうことかと」

「そうだね。カフェの夜営業を始めたら、いろんな人が来るもんだなってよくわかったよ」

「その康円さんの同級生の方、顔はわかんないのだろう？」

「亜美やすずみちゃんにも確認したけれど、見当はつかないってさ。サラリーマン風の人はたくさん来てくれるし」

「そうだね。けれどもまぁ、犯人捜しするのもなんだろうし、いずれ来てくれるって話だったからね」

「うん、待ってあげようってことになってるよ。罪は罪だけど、本人も充分わかっているみたいだし」

「そういうことでいいんじゃないかね」

「うん、あれ、終わりかな？」

紺が言って、もう一度手を合わせてくれました。

聞こえなくなりましたね。

暑いからしょうがないですけれど、かんなちゃん鈴花ちゃんが掛け布団を全部蹴飛ばしていることは多いです。紺も青も、小さい頃はよくそれでお腹《なか》を冷やして風邪を引いていましたよね。気をつけるようにしてくださいね。

確かに、人は間違えることがあります。過ちというものを犯してしまうことだって、誰にでも起こり得ます。

わたしも、生前はずっと清廉潔白な人間だったとは口が裂けても言えませんし、そんな人はきっとこの世界のどこにもいませんよね。むしろ、それが人間という生き物なのでしょう。

間違えたり、躓《つまず》いたり、転んだりぶつかったり。怪我をしたり、悩んだり心が痛んだり、自分を見失ったり。生きていくというのは、その繰り返しが当たり前なのかもしれません。

そして人は、やり直せるのですよね。過ちを認めて悔いて、許して、そして許されて、また新しい日々を生きていく。生きていけるのです。

以前誰かが言っていたのを覚えています。人は、許し許されることを知り覚えなかったらとっくに絶滅していた動物だと。本当にそう思います。

㊙ どこかで誰かが君の名を

一

晩秋の気配というものは、薪《まき》を燃やした匂いがする。

どこかの誰かがそういうふうに書いていたように思います。わたしたちぐらいの年代だと何となく頷けるところですが、若い人たちは薪を燃やした匂いなどわからないのでは、と思ったのです。でも、そうでもないようですね。近頃というわけではないですが、若い方々でもキャンプに行って、そこで薪を燃やすことだってあるとか。ですから薪が燃える匂いというのは、わかるものなのでしょう。それで晩秋の気配を思い浮かべるかどうかはわかりませんが。

落ち葉焚《た》きというものがすっかり街の景色から消えてしまって、どれぐらい経つでしょうか。もちろん、まだできる地域はあるのかもしれませんが、あの匂いがしてくるのも秋の頃の風物詩でしたよね。

近所の銀杏《いちょう》並木もすっかり黄金色に色づきました。我が家の庭の遅咲きの秋海棠《しゅうかいどう》も花が散り始め、秋が深まっていく頃なのかと思います。ふいに香ってくる金木犀《きんもくせい》の香りももう薄れてしまっていますね。

そして秋から冬というと、犬猫の毛が冬毛に変わりますよね。我が家の愛犬のアキとサチはおそらくは雑種で短毛種なので意外とそんなでもなかったのですが、アキは近頃太ったせいか、あるいは年のせいなのか、本当にもこもこになってくるのです。元々が何の血が混じっているのかはわかりませんが、夏と比べて二倍ぐらいの丸さになるのではないかと思うぐらいに、毛が増えるのですよね。

これは、年を取ってそんなに毛が増えるとは、と、男性陣が羨《うらや》ましいという話をしますよ。

猫たちもそれなりに冬毛になると身体が丸っこくなっているような気がしますよね。この季節になると暖かいところを求めて、晴れた日には陽《ひ》がさんさんと差し込む縁側や、オイルヒーターの近く、そして居間の大きな炬燵《こたつ》。猫たちは暖かいところを逃しません。

我が家の居間に鎮座する欅の一枚板の座卓は、秋も深くなると大きな炬燵に変わるのですよね。特製の長い炬燵布団が掛けられて、中はホットカーペットに足用のヒーターも入るようになりました。

何せ築年数が凄い我が家では隙間風もかなり入ると思われがちですが、秋になる手前に徹底的に隙間テープなどを点検して補修したりしますので、意外と暖かいのですよ。そもそも大人数で暮らしていますから、それだけで家の温度は上がったりしますよね。

夏の間、まずはやってみようと始めたカフェの夜十一時までの営業は、本当に好評でして、そのまま秋も引き続いて営業してきました。

もう、このまま通年十一時までの営業でもいいのではないかと皆で話しています。ですが、もちろん営業時間が長いということはそれだけ体力も使うということです。

勘一は、朝七時から夜七時までの古本屋の帳場だけで、それ以外はさせられません。本人はまだまだ元気なつもりで、実際にかなり元気なのですがね。働ける人が交代でやっていかないといけませんよ。

〈藤島ハウス〉の管理人室に住んで、管理人をしている玲井奈ちゃん。

しばらくは管理人業務で忙しいだろうし、そちらでの収入もあるからと我が家のバイトは減らしていたのですが、一人娘の小夜ちゃんももう三年生ですし、今は二階に実の母親である三保子さんも住んでいます。

三保子さんは三保子さんで保険の外交の仕事をしていたのですが、少し負担が減ってきたこともあり管理人の業務もできるようで、玲井奈ちゃんもカフェのバイトに復帰しました。

花陽の親友で、そもそも夜営業を始めるきっかけにもなった君野和ちゃんは、学業に支障がないときには平日の夜と土日もほとんど入りますし、花陽も、そして芽莉依ちゃんも時間があるときにはしっかりとカフェの夜営業の手伝いをします。

もちろん、芽莉依ちゃんにはバイト代を出しますよ。さらには美登里さんまで、本人がぜひやりたいと言ってくれたので、無理しないでできるときには入ってもらっています。

それが、夏が終わり秋になって、皆が慣れてきたこともあり、すっかり楽に回るようになりました。

それにしても我が家は看板娘が多いなとは勘一の弁ですが、本当ですよね。これに朝はかんなちゃん鈴花ちゃんもいるのですから、美女だらけのカフェになってしまいました。

看板男になると言いたげに、藤島さんなどは美登里さんがカフェに入る日曜の夜には、必要もないのに古本屋の帳場にずっと座っています。

そんな十月も半ばの日曜日の朝です。

いつもと変わらずに、堀田家の朝は賑やかに始まります。

かんなちゃん鈴花ちゃんは、小さい頃から起こされないでも二人でパッと起きて、そしてささっと着替えて隣の〈藤島ハウス〉で寝ている研人を起こしに行きます。

いつも思いますけれど、いつまであのダイブを続けるのか。

研人は喜んでいるからいいのですけれど、亜美さんやすずみさんがかんなちゃん鈴花ちゃんに訊いたところ、本人たちは、そこにけんとにぃがいるかぎりつづける、と名言のように言っていたとか。

でも、いつかは研人もここを出ていきますよね、とも考えるのですが、我南人の例がありますからね。我南人も若い頃には、それこそスーパースターのように売れていた時期があり、どこかにマンションでも買ってそこに住むのかと思いましたが、結局ずっと実家にいます。

案外、研人も芽莉依ちゃんと一緒に、いつまでもずっといるのかもしれません。

亜美さん、すずみさんが二階から下りてきて台所に入っていきます。〈藤島ハウス〉から花陽と芽莉依ちゃん、美登里さんがやってきます。

研人がかんなちゃん鈴花ちゃんに引っ張ってこられて、藤島さんもいたようです。

勘一がどっかと上座に座り、下座に我南人が座ります。他の皆は座り込んだりしないで、朝食の準備を手伝います。

かんなちゃん鈴花ちゃんは最近何を思ったのか、毎朝、箸ではなく、箸置きを選んで置くようになりました。

我が家には茶簞笥《ちゃだんす》の中に、箸置きだけを集めた引き出しがあります。何せ昔から大勢で食卓を囲むことが多かった我が家ですから、いろんな形の箸置きがあるのです。先代でありわたしの義父だった草平さんは、そういう趣味がありまして、相当数の箸置きを集めたとか。数えたことはありませんが、おそらく百近くはあると思います。いったい人生で百個の箸置きを使う日が来るのでしょうか。

中には相当高価なものもあるようなのですが、今となってはどれが高価でどれが安物なのかさっぱりわかりません。

その箸置きを、かんなちゃん鈴花ちゃんは毎日違うものを選んで、それぞれの座る場所に置いていくのです。でも、箸はもう置かないんですよね。

「このひょうたんは、みどりちゃんにしよう」

「ちょうちょは大じいちゃん」

などと二人で品定めして、置いていくんですよ。

今日の朝ご飯は、白いご飯におみおつけは玉葱にさつまいもにお揚げと具沢山のもの。カボチャの煮物は昨日の夜も出ましたね。オムレツにはたっぷりチーズが入り、厚切りのベーコンとじゃがいもをスライスして焼いたもの。小さなソーセージも焼かれていますがこれもきっと残り物の整理でしょう。真っ黒の胡麻豆腐に、焼海苔にひき割り納豆。

おこうこは黄色いたくわんですね。

皆が揃ったところで「いただきます」です。

「今日のさつまいもは溶けちゃいました」

「あしたはパンにしよう。ゆめに出てきたパン」

「マヨネーズを取ってくれるぅ？」

「あ、オムレツの中身はプレーンなチーズです。それ以外は何も入っていません」

「それもまたうまいってもんよ」

「美登里さんってさ、箸の使い方すっごく上手だよね」

「お義父さん、少しマヨネーズとか控えた方がいいですよ。かけすぎです」

「どんなパンが出てきたの」

「藤島さんも上手だから、二人並んでいるとまるでドラマの撮影してるみたい」

「本当にさつまいも皮しか残ってないわ」

「そうですか？　嬉しいですけど普通ですよ」

「研人が下手なんだよ。あれだけ教えたのに」

「僕はもう、父に徹底的に教え込まれたので」

「ちくわが入ったパン」

「ミュージシャンってさぁ、箸の使い方下手なの多いよぉ。僕の周りは皆そう」

「甘いよね。味噌汁《みそしる》が」

「ちくわパンって、どっかに売ってなかった？」

「おい、リンゴジャムあったよな」

「全国のミュージシャンに怒られますよ。お義父さんの周囲の方だけなんじゃ」

「旦那さん、リンゴジャムですけれど、何につけるんですか」

「じゃがいもだよ」

焼いたじゃがいもにリンゴジャムですか。前にもそんなことをしていませんでしたかね。長寿の秘訣《ひけつ》は健康的な食事などと言いますが、この既に長寿に入っている勘一はとても健康的な食事をしているんですけど、一部台無しにしてますよね。

でも、案外それも長寿の秘訣なのでしょうか。

「旨いぞ？　そもそもよ油ものに甘いソースってのは合うじゃねぇか。肉にオレンジソースは最高に旨いだろう」

「それは言える」

研人が頷きました。研人もどちらかと言えば勘一っぽいですよね。トーストの日には、リンゴジャムを塗った上に、焼いたソーセージを載せてマヨネーズなどをかけていました。

合うんでしょうかね。

「形になってきたよねー」

研人が外を見て言いました。庭の向こうの建築現場ですね。増谷家と会沢家の新居です。春から解体を始めて、お金がないので自分たちでできるだけやるようにして、今は骨組みが完成して壁もできてきました。冬になる前に、内装ができるようにするんだそうですよ。

「うちは新居ってのはまったく考えられねぇから、ああいうのを見ると嬉しくなるな」

勘一です。

「いやぁ、新居あったよねぇえ。〈藤島ハウス〉」

「お、そういやそうか。あれも新居だったか。自分の腹が痛んでねぇんで忘れてたぜ」

笑いました。凝り性の藤島さんです。まるで大正時代のようなレトロな雰囲気でデザインされた〈藤島ハウス〉ですが、凝り過ぎて、外観はいわゆる汚しが入りましたからね。新築なのにまるで古いもののように塗装したりしたのですが、本当に古いものが建ってしまったように見えましたから。

「春が楽しみだよな。あれだ、新築祝いをよ、晴れた日にうちの庭でやりゃあいいんじゃないか？　新築された家を眺めながらよ」

「いいですね！　真央ちゃんや玲井奈ちゃんに言っておきます」

すずみさんです。

「その前に、じいちゃん。家が完成したらあの板塀をどうするかを考えておかなきゃ」

青が言います。

そうでした。資材やいろんなものを置くために、田町家との境にあった我が家の板塀を全部取っ払ったのですよね。

「なんだったらぁ、このままでもいいんじゃないのぉ？　どうせ皆がこの庭を行き来するんだしぃ」

「また作るお金ももったいないし、必要ないんじゃない？」

花陽です。

「確かにな。ま、スカスカってのもあれだから、何か植栽してもいいしな」

「お花をうえよう！」

「きれいな花をたくさん、ずーっと」

かんなちゃん鈴花ちゃんが言います。そうですね、板塀があったところに何か、きれいな花を咲かせるものを植えてもいいかもしれません。

朝ご飯が終わると、それぞれにそれぞれの朝の準備です。

今日は日曜日で学校も休みですから、かんなちゃん鈴花ちゃんが張り切ってカフェの開店を手伝います。

「おはようございまーす」

「おはようございまーす」

雨戸を開けて、今日も元気に開店です。いつものように、朝ご飯と二人の姿を楽しみに来てくれるご老体の方々がたくさんです。

かんなちゃん鈴花ちゃんが、お客さんの間を歩き回って注文を取り、メモをカウンターに置いていくいつもの光景。花陽も芽莉依ちゃんもいますから、土日の朝は本当に余裕があります。

でも一段落ついたら今日かんなちゃん鈴花ちゃんはお出かけですよね。研人と芽莉依ちゃんと映画に行くとか。そして花陽も、朝の手伝いが済むと、お出かけです。

美登里さんと藤島さんは、何も予定がないからと夕方頃少しカフェと古本屋に入ってくれるそうですよ。本当に好きなんですよね。

勘一は古本屋の帳場にどっかと座り、今日は芽莉依ちゃんがお茶を持ってきます。

「はい、ひいおじいちゃんお茶です」

「おう、どうもな」

今日もいつもの熱いお茶です。確かに熱いお茶が美味しい季節になってきましたけれど、熱ければ良いってものではないのですけどね。

「ほい、おはようさん」

古本屋のガラス戸が開いて、いつものように、勘一の幼馴染みで近所の隠居した神主さん、祐円さんが入ってきます。

「おはようさん」

夏などは本当に面白い格好をしてくる祐円さんですが、今日は焦茶色のセーターにスラックスはグレイと普通ですね。足元は黄緑の蛍光色のスニーカーですが、目立っていいですよ。

「おう、芽莉依ちゃん。いつも可愛いね」

「ありがとうございますー」

「俺も熱いお茶もらおうかな」

はい、と芽莉依ちゃん微笑んで祐円さんの軽口を受け流します。芽莉依ちゃんも我が家で祐円さんと朝会うようになってもう随分経ちます。すっかりこういうものにも慣れましたよね。

「おめぇには何言っても駄目だろうな」

「何だよ勘さん。何が駄目だよ」

「そういうのをな、セクハラってんだよ」

そうですよね。

「セクハラじゃないよ。俺は神主だぞ？　心底そう思っているからこそ言うんだ」

わかっていますけれどね。そして我が家の皆は、誰も嫌だとは思っていないでしょうけれども。

「セクハラついでにあれだけどよ」

「何だよ。おまえいい加減に枯れ果てないと神様に雷落とされるぞ」

「道真公《みちざね》かよ。違うよ芽莉依ちゃんと研人だよ」

「二人がどうしたよ」

「今も部屋は別々なんだろ？　夫婦になったのによ」

別々ですね。〈藤島ハウス〉で芽莉依ちゃんは花陽と一緒の部屋ですし、研人はその隣です。

「まぁまだ未成年だっていうのは置いといてもよ。いつまでそうしてるのかね？　研人なんかすぐにでもマンションとかに引っ越せるだろう？」

「引っ越しはいつでもできるさ」

研人の収入ならできますね。

「あれだよ。二人はな、今の状態がいちばん良いんだろうさ」

「いいのか」

「芽莉依ちゃんが学問に勤《いそ》しんで、研人は音楽に邁進《まいしん》するってな」

そうですね。今は二人ともそれがいちばんだと思っているはずです。

「そのうちに芽莉依ちゃんが卒業なり、研人がデカイことをやるなりして環境が変われば、また二人にとっていちばん良い道を選ぶさ」

「ま、そうか。しかしできればよ、俺が生きてるうちに二人の結婚式をやりたいんだけどな」

大丈夫ですよ。祐円さんも勘一もまだまだ長生きしますし、二人もちゃんと考えていますから。


忙しく時が過ぎて、午後になりました。

日曜日の午後三時。

ランチも売り切れになりました。カフェでは材料がなくなるとそれで売り切れにしています。そうしないとうちみたいに小さなところは回らないのですよね。

カウンターに亜美さんと青、ホールには朝ゆっくりしてから入った和ちゃんがいました。すずみさんがやってきます。この後、和ちゃんはしばらくバイトに入っていますけれど、もちろん休憩もします。

「和ちゃん、休憩入ってー。今日はね、いいおやつあるから」

「はい、ありがとうございます」

居間に上がって休憩です。

おやつはいつもあるのですが、市販のアイスクリームとかプリンとか、袋菓子です。そんなに高くもないものを買い揃えていますす。何せいつもたくさんの人がいるので、おやつひとつ取っても数を揃えなきゃなりません。そんなに高いものは買えないですよね。

でも今日は二丁目の和菓子屋〈昭爾屋《しょうじや》〉さんの豆大福ですね。

さっき藤島さんがやってきて、置いていってくれたのです。藤島さんも夕方は古本屋に座ると言っていましたが、まだ時間があるので美登里さんと出かけているのですよね。ついでに〈昭爾屋〉さんに寄って、おやつを買ってきてくれたのです。いつも甘えるわけにはいきませんから、たまのことにしてくださいねと、言ってありますよ。

「旦那さんもどうぞー」

「おう」

勘一も古本屋からやってきました。我南人、紺もやってきましたね。我が家の男性陣は皆甘いものが好きですよ。

かんなちゃん鈴花ちゃんは研人と芽莉依ちゃんと映画を観に行って、お昼ご飯も食べて、その後で買い物とかして帰ってくるそうです。何の映画かは聞いていませんでしたけれど、たぶん、かんなちゃん鈴花ちゃんの好きなアニメの映画ではないでしょうか。

ああいうものは、子供向けなどとあなどってはいけませんよね。大人の鑑賞にも堪える素晴らしいものがたくさんありますし、作品によってはこれは絶対に大人が観るものだろう、というのもあるとか。

　青や紺などもよく観ていますよね。

「いただきます」

「おう、どうぞ」

　やはり和菓子にはお茶ですよね。美味しい緑茶を淹れて、四人で豆大福を頬張ります。

　もちろん、後でカフェにいる亜美さんや青と交代します。

　いつもなら花陽もいるのですが、今日はお付き合いしている麟太郎《りんたろう》さんもお休みの日だとかで出かけているのですよ。

「花陽はいねぇのか？」

「麟太郎とぉ、デートだねぇえ。今日は麟太郎も休みなんだってさぁあ」

「そうか」

　相変わらず仲の良い二人です。勘一が和ちゃんに何か言いかけましたが、止めました。

　これはあれですね。和ちゃんに彼氏はいないのかとか訊こうと思ったんですけれど、それはいくら親しき仲でもセクハラ発言になりかねないと自重しましたね。

　いいことです。

　でも、和ちゃん気づきましたね。ニコッと笑います。

「付き合ってる人はいないんですよねー」

我南人も紺も笑いました。その話題になるとわかっていましたね。

「いやぁ、別に根掘り葉掘り訊こうとは思ってなかったけどな」

「いいんですよ。高校のときにちょっと付き合った男の子はいましたけど、今はずーっといないんです。もう三年近く」

大学に入ってからはいないということですね。それはちょっと意外ですね。和ちゃん、本当に明るくて愛らしいお嬢さんなのに。

「それはぁ、単純に縁がないっていうだけだよねぇえ。別に決めているわけじゃあないよねぇえ」

和ちゃん、豆大福を口にして、頷きます。

「そうです。たまたまです。もちろん、とにかく勉強が第一っていうのもありますけど、別に医者になるまで恋はしない、なんて決めてるわけじゃないです」

決められるものでもないですしね。

「でも、花陽もそうなんですよ。たまたま麟太郎さんとご縁があって今はサイコーにいい感じですけど、入学してからずっと二人で話していたんです。とにかく医者になるんだ。それまでは、恋も遊びも二の次だって」

「そうかよ」

むぅ、と勘一頷きます。実際そうですよね。花陽は麟太郎さんと付き合ってはいますけれど、そんなに遊びにも行きませんし、たまのデート以外は大学とうちの往復だけです。

和ちゃんも、大学とうちのバイトだけですよね。本当に遊びに行ったりしていません。あ、でもたまに花陽とカラオケに行ったりもしてましたかね。

それにしても、入学以来、ずっと一緒の二人ですよね。余程気が合うんでしょうね。

「あれかなぁ」

我南人がお茶を飲みます。

「花陽はねぇ、知ってるだろうけどかずみちゃんっていうお手本みたいな人がいてぇ、医者を志したけれどぉ、和ちゃんは何かきっかけがあったのぉ？」

うん、と和ちゃん頷きます。

「小さい頃から看護師さんに憧れていたんですよ。実は、亡くなった祖母が看護師、当時は看護婦さん、ですけど、だったんです」

「ほう」

「それで、何となく看護師になろうなんて思っていたんですけれど、祖母は早くに亡くなっちゃって」

残念ですね。

「お祖母ちゃんっ子だった？」

紺が訊きます。

「そうです。大好きでした。その祖母が看護師なのに病に倒れちゃって死んじゃったっていうのが子供心にすっごく悔しくて、お医者様になろう！　って」

明るく笑顔で言います。

なるほど、と、勘一も我南人も紺も、少し笑みを浮かべて頷きます。

「あ、でも看護師さんを下に見たとかそういうんじゃないです」

「わかってるよ。花陽もそうだよな。病気で死んじまう家族がいてよ、ひいばあさんにばあさんだよな。亡くなっちまってな」

はい、と和ちゃん頷いて仏間の方を見ます。

そこにわたしや秋実さんの写真がありますよね。もちろん、花陽は会ったこともないわたしの義父母、草平さんと美稲《みね》さんの写真も。

「花陽のお祖母ちゃんも、ひいお祖母ちゃんもきれいな人ですよねー」

まぁ、ありがとうございます。

三時の休憩を終えて、和ちゃんが亜美さんと交代してカフェのホールに入りました。すずみさんは古本屋に回りましたね。

お客様は、全体の半分ぐらいですか。オーダーの提供も全部終わっていて、カウンターの中では青が洗い物をしています。

静かな店内です。和ちゃんと青が眼で合図して、和ちゃん、することはないのでカウンターの前で控えます。

その和ちゃんが立ったのが眼に入ったのでしょう。すぐ近くのテーブルで、何か書き物をしていた若い男性が顔をちらりと上げました。

この男の方は、たまにいらっしゃいますよね。わたしは一、二度カフェで見かけたことがあります。

あの、とても美しい顔をした青年です。

確か、大学生で教育学部と言っていましたよ。何ヶ月か前に、そうでした春でしたか、初めて古本屋に来て児童文学を探して買っていった青年です。

でも、どうしましたか。学生さん、ちょっと動揺したようにも見えます。和ちゃんも気づきましたかね。青は気づいていないですね。

オーダーか何かか、と和ちゃんちょっと動こうとしましたが、すぐに違うと気づきます。学生さんは帰り支度を始めました。あっという間に立ち上がって、下を向いたままカウンターの端のレジへ向かいます。

「ありがとうございますー」

青が対応すると、さっと、出ていってしまいました。

どうしましたかね。わたしの眼には、明らかに和ちゃんの姿を認めてから、少し動揺して出ていってしまったように見えたのですが。

和ちゃんも、ちょっと何だろう、という表情をしながら学生さんの背中を見送ります。そして、テーブルを片づけました。

「あ」

忘れ物ですね。さっきの学生さん、クリアファイルに入ったコピー用紙のようなものが椅子の上にありました。さっきの学生さん、慌てて鞄《かばん》にいろいろしまっていましたから、そのときに入れ忘れましたか。

「どうしたの？」

青が訊きます。

「忘れ物です。走りましょうか」

和ちゃんカウンターに持ってきます。

青がちらっと外を見ます。

「随分急いで出ていったから無理でしょう。勉強のノートか何かかな」

「一生懸命書いていたので、そうかもしれないです」

「あの子、前にも何度か来ているのを見かけたから、気づいたらまたすぐに来るよきっと。それに、古本屋でも本を買ってるお客さんだってすずみも言ってたし」

「そうですか」

大丈夫でしょう。

和ちゃん、手にしたクリアファイルを何気なく見ます。コピー用紙に書いてある文章を少し読んだのでしょう。

「え？」

「どうした？」

和ちゃん、眼を細めています。真剣に文章を読んでいます。

「どういうこと？」

「え、どういうこと？」

青がいったいどうしたんだとクリアファイルと和ちゃんの両方を見ます。

＊

カフェを営業しながら、交代で食べる晩ご飯の形式にもすっかり慣れました。

今夜はキムチ鍋でしたね。かんなちゃん鈴花ちゃんも食べられるように辛くないようにしたもので、大人は自分の取り皿に辛さをちょい足しして食べるのですね。秋から冬にかけては、簡単で皆が喜ぶ鍋物メニューが増えていくと思います。

美登里さんが考えてくれた、大人数向きで簡単に作れて栄養価もきちんとしたメニューというのも、ものすごく参考になっています。いくら鍋物が簡単で皆が大好きとはいえ、そればっかりでは飽きますからね。大皿に盛っておいて、小分けにして温め直す料理ですとか、いろいろです。

今日は午前中から入っていたので、夜は八時までのシフトだった和ちゃんも一緒に食べていました。

皆も食べ終わって、カフェには紺と亜美さん夫婦が入っていますね。夜はドリンクメニューと、切り分ければいいだけのケーキメニューしかありませんので、なんだったら一人でも回せることがあります。

紺と亜美さんが二人でカフェに入ると、何だかものすごくデキるママさんと雇われマスターみたいだよな、とは祐円さんの弁です。

まぁ、確かにそんなふうに見えなくもありませんけれども。

「じいちゃん、ちょっと夕方に不思議なことがあって、和ちゃんから相談なんだけどさ」

青です。和ちゃんも、頷きました。

「不思議？　相談？」

何だ何だと勘一が飲んでいた湯呑《ゆの》みを置きました。ちょうど皆の食事が終わったところなので、まだ座卓にいた皆も何かあったかと青と和ちゃんを見ます。

花陽はもう既に聞いていたみたいですね。紺にも話を聞いてほしいようで、カフェに行って紺と交代しました。

「何かうちに不都合があったか？」

「いえいえ、そんなのではないんです」

慌てたように和ちゃんが手をひらひらさせます。

「ほら、すずみもじいちゃんも知ってるよね。大学生で、俺の若い頃みたいに美しい若者」

言いますね。確かにそうなのですが。

勘一が、わざと真面目な顔をして頷きます。

「確かに、おめぇぐらいに美しい若者は知ってるな」

「知ってるわ。名前はまだわからないんだけど」

すずみさんも真面目な顔で頷きました。

ただ古本を買いに来ているお客様ですからね。これで買い取りなどで古本を持ち込んでくれれば、お名前とか住所などもわかるのですけれど。

「カフェにも、今まで片手で数えられるぐらいだけど、来てくれているんだ。常連ってわけじゃあないけれど、気がついたら来ていたって感じの」

そうですね。

「美しいからすぐにわかるのよね」

「まるで俺を見ているみたいでさ」

「いいから早く本題に入れよ。和ちゃんだってさっさと帰らねぇと遅くなっちまうぜ」

紺はもったいぶるし、青はおちゃらけるし、孫の長男次男の悪い癖です。間違いなく我南人に似たんですよね。

「そう、彼がね、これを忘れていったんだ」

青が、クリアファイルを座卓の上に置きました。

勘一が、どら、と見ます。クリアファイルですから中から出さなくてもコピー用紙に書かれた文章は読めます。

「『猫のチャンと犬のクン』？」

タイトルでしょうか。勘一が少し読んでいきます。

「童話か」

童話なのですね。

「あるいは児童文学か。そういやぁあの青年、どこの大学かは知らんが教育学部で、童話とか児童文学が好きなんだよな？」

「そうですね。今までに二回、買いに来ましたけど、二回ともそういう本を買っていきました」

すずみさんが言います。

「こりゃあ、あれか？　手書きってことはひょっとしたら大学のレポートかなんかで、オリジナルの童話を書いたとかそういうことか？」

勘一が訊くと、青も和ちゃんも微妙な顔をします。

「そのお話なんですけど、誰かの作とか、そういうのはわかりませんか？」

和ちゃんが訊きました。勘一が首を捻り、すずみさんが天井を見上げるように考え、紺が下を向いて考えています。

「『猫のチャンと犬のクン』、か」

「可愛いタイトルですね。読みたくなります」

「考えられたタイトルだよね」

勘一とすずみさん、紺が順番に言いました。そうだよね、と、青が続けます。

「俺も検索してみたんだけど、一切、何も引っかからないんだ。すごい昔のものとか心当たりはない？」

「検索で出てこないのなら、もうどうしようもないかな。後はじいちゃんかすずみちゃんの記憶力に頼るしか」

紺です。

「僕はこっちの方面には明るくないし」

そうですね。現代文学や英米文学にはかなり詳しいですけれど、児童文学や童話は畑違いです。

「ねぇなぁ。いいタイトルだから一度でも読めば覚えてるぜ」

「私もそう思います」

すずみさんも頷きます。

「でも、記憶の中には何もないわ」

勘一とすずみさんの記憶にないのなら、少なくとも二人はこれを読んでいないというのは明白ですね。

「そうですかぁ」

「何がどうしたんだよ」

勘一が訊くと、和ちゃんが言います。

「私、この童話を死んだ祖母からよく聞いていたんです」

お祖母ちゃんですか。

「全部読みましたけど、そっくりそのまま同じでした。細部が違ったりはしょられたりしたのかってところもありましたけれど、内容はまったく同じなんです。もちろん、タイトルは『猫のチャンと犬のクン』」

「お祖母さんは、その童話をどこで？」

紺が訊きました。

「作ったんだって、言ってたような気がするんですよ。はっきりと覚えてないですけど、違うかもしれませんが、少なくとも私は祖母のオリジナルだってずっと思っていました。実際、ネットで検索したことあるんですけど何も引っかかってこなかったので、やっぱり祖母の創作なんだって」

待てよ、と、勘一手を広げます。

「あの美しい青年を、和ちゃんは見たのか？　知り合いじゃないのか」

「見たんですけど、はっきりとは」

「それがね」

青です。

「俺もちらっとしか確認しなかったけど、あの青年、和ちゃんが休憩中にカフェに入ってきてね。しばらくその書き物をしていたんだ。でも、和ちゃんが休憩から戻ってきたと思ったら、何だか少し慌てたように帰っていったんだよね」

確かに、その様子はわたしも見ていましたね。

「慌てたように？　ってことは向こうは和ちゃんを知ってるってことか」

「その可能性はあると思う」

「でも、和ちゃんはその子を知らないのね？」

すずみさんに訊かれて、和ちゃん、首を少し捻ります。

「ほとんど頭頂部と背中しか見てないんですよね。下を向いたままさーっと行ってしまったので。でも、何となくその後ろ姿に見覚えあるようなないような」

わからないんですね。

「どうにもあやふやだが、確かにそりゃあ不思議な話だな。お祖母さんの語っていた童話を、見ず知らずの若者が書いていた？」

うーん、と唸ります。

「皆さんだったら、この話を読んで何かわかるかなぁと思ったんですけど。あの、この話がどこかに出ていたものならそれで何でもないことなんですけど」

「そうだねぇ」

我南人も頷きます。

「どこかの童話をただ書いていたって話だねぇ」

「でも、本当に和ちゃんのお祖母様のオリジナルだとしたら、何故その美しい青年がそれを知っていたのか。そして何よりも」

芽莉依ちゃんが、クリアファイルを指差します。

「そうやって、書いていたのか。それは確かにものすごい謎です」

うん、と研人も頷きますね。

「お祖母さんがさ、お母さんでもいいけど、孫や子供に話を作って聞かせるなんて誰でもやるよね。親父だって母さんだってやったでしょ？　覚えてないけど」

覚えていないんですね。紺が苦笑いします。

「覚えてないだろうけど、お前を寝かしつけるのにものすごくたくさんのオリジナルを話して聞かせたよ」

「もしも、もしもだよ？」

研人がクリアファイルを手にしました。

「これが、和ちゃんのお祖母ちゃんのオリジナルだと仮定するよね。どうやってその大学生が知ったのかはおいといて、こうやって書いているっていうのは、どこかへ発表するつもりなんじゃないの？　ただの勉強ならいいけど、もしもどこかの童話大賞とか、そんなのあるかどうか知らないけど」

「そうか」

紺も頷きます。

「自分のオリジナルとして発表する気なら、それは盗作ってことになってしまう」

「その通り」

研人が、うん、と頷きます。

「もしそうなら、それはなんとしても止めないと。やっちゃいけないことだよ」

分野は違えど創作者。そういうものには、敏感ですよ。

皆が、確かにそうだと頷いています。どういうわけかこの家は創作者が多いですよね。

「何にしても、話自体が雲をつかむようなもんだ。あれだ、カフェと古本屋に入ってるときにあの大学生が来たら、必ず訊いてみようや」

それしかないでしょうね。

「念のために訊くけどよ、和ちゃん」

勘一です。

「はい」

「失礼だけどよ、生き別れた兄弟とかはいねぇよな？　ご両親が離婚したとか、お祖母さん絡みで別の家族があるとかよ」

確かに失礼な質問ですが、可能性を考えると訊いておかなきゃならないですね。和ちゃん、うん、と頷きます。

「私も一瞬、そんなこと考えました。祖母が、他の誰かに、変な話ですけどあの男の子に聞かせたって可能性も考えられますよね」

「そうだねぇ。ひょっとしたらそれがいちばん可能性が高いかもねぇえ。オリジナルだとしたらさぁ」

そうなんです、と、和ちゃん。

「そんな話は一切聞いたことないので、大丈夫だとは思いますけど、念のために今度母親に訊いておきます。あ、母方の祖母なので。そんなことはないよねって」

二

翌日の月曜日の夕方です。

青とすずみさんが、カフェに入っていました。和ちゃんは大学が忙しくてシフトに入っていませんから今夜は来ません。このまま家族だけで回していく日ですが、それほど忙しくはないので大丈夫でしょう。

カフェの扉が開きました。

「いらっしゃいませ」

青とすずみさんの声が響きます。すぐに二人とも気づきました。

彼ですよ。

あの美しい青年です。いかにも学校帰りに寄りました、という風情で、カフェに入ってきて見回しています。

ひょっとしたら和ちゃんを捜しているんでしょうか。

青とすずみさん、何気ないふりをしていますね。

「お好きな席へどうぞー」

すずみさんが言うと、青年が、ぺこりと頭を下げてカウンターにやってきました。

「あの、すみません」

「はいはい」

「昨日、僕ここに来て、クリアファイルを忘れてしまったと思うんですけれど、ありませんでしたか？」

取りに来たのですね。青が、ゆっくりと頷きます。

「はい、ちゃんと保管しておきました」

忘れ物箱の中から、クリアファイルを出します。

「こちらですね。お確かめください」

「あ、ありがとうございます」

ホッとした顔をします。でも、やっぱり誰かを捜すように眼を動かします。

「ひょっとして、和ちゃんを捜している？」

すずみさんが訊きます。

「和ちゃん？」

あら、名前を知らないんでしょうか。

「君野和ちゃん。うちのバイトですけれど、昨日、ホールにいた女の子です」

あぁ！　と、青年、頷きます。

「そうです。君野先輩です」

先輩?

先輩?

そう二人が心の中で同時に言うのが聞こえたような気がしましたよ。

今、先輩と言いましたね。

君野先輩と。

「先輩ということは、あの失礼ですけど、あなたは和ちゃんの」

青年、少し微笑みます。

「はい、高校時代の後輩です。二年下です」

高校の後輩でしたか。和ちゃんが三年生のときに一年生。年下だったんですね。なるほど、そうだったのか、と青もすずみさんも頷きます。

和ちゃん、後ろ姿に見覚えあるようなないような、とあやふやなことを言ってましたが、高校の後輩ならばそういうこともあるかもしれません。

「あの、申し訳ないことに、今日は和ちゃんいないんだけれど、お時間あります?」

すずみさんが訊きます。

「もしお時間あれば、ちょっと確認したいことがあるんですけれど」

居間に上がってもらいました。カフェに来たのに突然こんな生活感溢れる居間に通されて、後輩さん、きょろきょろしています。

夕方の五時ですので、まだ花陽も芽莉依ちゃんも帰ってきていません。研人もいませんが、我南人と紺はいましたね。

かんなちゃん鈴花ちゃんもいたのですが、うちに入ってきた、このきれいなお兄さんは誰だろうと、もう眼をキラキラさせていますよ。二人とも、イケメンは大好きですものね。

「何年生かな」

後輩さんが優しい笑顔で、かんなちゃん鈴花ちゃんに訊きます。

「二年生です」

「お姉さんと、妹さんかな？」

「ざんねんでしたー、いとこです」

「いとこさんかぁ」

三人で笑っています。

後輩さん、かんなちゃん鈴花ちゃんに接する態度だけで、子供好きな優しいお兄さんなのがよくわかります。そして、小さい子供に慣れていますよね。今にも一緒に遊ぼうかと言い出しそうです。

「いやぁ、申し訳ないね。呼んでおいて待たせちまって」

勘一が古本屋から入ってきました。

「あ、いいえ」

「かんなちゃん、鈴花ちゃん。ちょいと大じいちゃんたち話があるからさ、悪いけど、自分の部屋かどっかにな」

「古本屋に行ってる！」

「店番してる！」

今、古本屋は無人ですよね。お客さんが来たらすぐにわかるからいいですし、かんなちゃん鈴花ちゃんも大人しく本を読みながら店番はできますよ。

一時間ぐらいが限度ですけどね。

「ここの店主の堀田勘一と申します、って何度か店に来てくれてるから、おわかりですよね」

「はい、ありがとうございます。いつかはおまけしてもらって」

「いやいやこちらこそですよ。カフェにも足を運んでもらって毎度ありがとうございます。そこにいるのは、孫の堀田紺と息子の我南人」

堀田紺、という名前に反応しましたね。ご存じですか。

「ひょっとして、作家の堀田紺さんですか」

「そうです」

紺が微笑みます。内心はものすごく喜んでいると思います。

「ここが実家なんですよ」

「すみません、まだ一冊しか読んだことないんですけど」

充分ですよね。読んでいただいているだけで。

「もちろん、我南人さんも知ってます」

我南人が頷きます。

「ありがとうねぇえ」

「それで、すまないが話すのに不自由なので、お名前だけ教えてもらえるかね」

「あ、すみませんでした。坂上元春《さかのうえもとはる》です。S大学の一年生です」

S大学でしたか。あそこなら教育学部がありますものね。

「坂上さんね、元春くんか。そういうミュージシャンがいるけど同じ漢字かい？」

「そうです。さかのうえ、は上《のぼ》る坂に上で、さかがみじゃなくてさかのうえって読みます」

ちょっと珍しい読み方ですけれど、いらっしゃいますよね、さかのうえさん。

「話ってのはね、元春くんね。その、うちに忘れていったクリアファイルの中身の件なんだが」

「『猫のチャンと犬のクン』。なかなかいい童話だったよな。申し訳ないが一応確認のために読ませてもらったんだ」

「あ、読むだけなら全然大丈夫です」

元春さん、笑みで応えます。

「それは、元春くんのオリジナルなのかい？　話では、昨日それを一生懸命カフェで書いていたってことなんだけどな」

元春さん、ちょっと眼を大きくさせました。

「これは、僕のオリジナル、創作ではないです」

違うとはっきり言いましたね。

「じゃあ、どなたの作品かってのはわかるかね」

「それが」

元春さん、少し残念そうな表情を見せます。美しいお顔はどんな表情をしても美しいのですが、とても表情豊かですね。見ていると引き込まれていきそうですよ。

でも、あれですね。勘一も確か最初に元春さんがいらしたときに言っていましたけれど、どなたかこんな顔をした人がいるようにも思いますが。

「わからないんです」

「はい」

「わからない？」

勘一も紺も我南人も少し首を傾げますね。

「誰かの作品だっていうのは、間違いないと思うんですけど、作者不明なんです。少なくとも僕が検索とかして探しても見つかりませんでした。なので、たぶん作家とかじゃなくて、素人というか、そういう作品だと思います」

ふぅむ、と勘一唸ります。まだ和ちゃんのお祖母さんの件は伏せていますね。

「じゃあ、それを書いてたってのは？　頭ん中にあるものを思い出して書いていたのかい？」

あぁ、と元春さん苦笑しました。

「確かに書いていました。これですけど、これは録音を聴きながら書き起こしていたんです。iPhone《アイフォーン》に入れたので」

録音。

iPhoneに入れた。

さっぱりわけがわかりませんね。

「よくわからねぇんだが、誰かが元春くんにこの童話を話して聞かせたのを録音して、それを書き起こしていたってことかい」

元春さん、首を捻りましたね。

「最初から話しますね。この間、夏に祖母の家に行ったんです。久しぶりに会いました。そうしたら、僕が教育学部だし童話とか好きだっていうのを知ってるので、自分のところにある本を持っていきなさいって。必要なものを好きなだけ持っていっていいからって」

なるほど、と、三人して頷きます。

「お祖母さんはぁ、読書好きな人なんだねぇえ？」

「そうなんです。本棚にずらりと本が並んでいて、僕がそういうのを好きになったのも祖母の影響があるかもしれません」

ありますよね。身内の方が本好きで、それで自分も本を読むようになったというのは。

「いろいろ選んでいて、その中に童話があったんですけど、ちょっと変わっているのがあって。カセットテープが付いた童話なんです」

「カセットテープぅ！」

思わず我南人が反応します。ありましたね。昔はそういうものが。

「相当古いものじゃないかいぃ？」

「八〇年代ぐらいだったと思います。童話の本なんですけど、カセットテープが挟み込まれていて、その本の童話にぴったりのＢＧＭが入っているんです」

「あったねー」

紺が笑います。

「あっという間に消えたと思うけど、一時期そういうのがよく出ていたね」

勘一も頷いていますね。

「うちみたいな古本屋に持ち込まれてもよ、肝心のそのカセットが入ってないやつとかなぁ」

「そうそう、結局売り物にもならないんだよね。そういうのは」

皆で笑います。

「それで、そのカセットの音楽を聴きながら、童話を読むっていうのなんですけど、貰ってきてじゃあどんなBGMが入っているのか聴こうと思ったんです。でも、そもそもカセットデッキなんかないので」

そうですよね。今は、LPがまた復活してきたように、音楽の世界ではカセットテープも復活してきていて、わざわざ新譜をカセットテープで出すミュージシャンなどもいらっしゃいますけれども。

でも、普通のご家庭にカセットテープの再生機、カセットデッキは、ほぼないでしょうね。

「友達がカセットデッキを持ってるって言うので行ったら、こんなに古いカセットテープなら劣化してて、途中でテープが切れたり絡まったりするかもしれないって」

「確かにな」

　それは充分に考えられます。

「それで、念のためにiPhoneをスピーカーのところに置いて、録音しながら流したら、音楽じゃなくて朗読が流れてきたんです」

「朗読が？」

　勘一が、ポンと座卓を叩きます。

「じゃあ、朗読されてたのは、その本の童話じゃなくて、この『猫のチャンと犬のクン』ってことかい？」

「そうなんですよ」

　そんなことがあったんですか。

「どういうことなのかさっぱりわからなくて、その本の童話とこの『猫のチャンと犬のクン』の内容はまったく関係ないので、友達とも話したんですけど、誰かがこのカセットテープに吹き込んだんだろうな、ってことになって」

「そりゃあそうだねぇえ」

「お祖母さんに訊いてみたの？」

　紺が訊くと、元春さん頷きます。

「電話で、ですけど。でも祖母は、そもそもそういう本があったということ自体を忘れていたみたいで、何かしらまったくわからないわねー、って」

　そうですか。

「じゃあ、少なくとも元春くんのお祖母さんではないんだね。それを吹き込んだのは」

「全然違います。そもそも声が違ったので」

　そうなのでしょうね。

　もしもお祖母さんの声なら、すぐにわかりますものね。

「それで、この童話が誰のものなのかを調べるためにも、アナログでも全部書き起こしておこうと思ったんです」

　わかります。文章にしようと思ったんですね。

「なので、スピーカーから流れてくる朗読を、そのまま文章にできるソフトでテキストデータにしていったんです」

　なるほど、音声自体を録音したのではなく、文字データで iPhone の中に記録しているということですね。

「あ、じゃあ今、元春くんの iPhone に入っているデータは、テープそのままの録音じゃなくてぇえただのテキストデータだねぇ。それを読み上げソフトを使って聴きながら、書いていたんだねぇえ」

「そうです。テープは無事だったので、まだ僕の部屋に置いてあります」

「なるほど、その童話の件はとりあえずわかった」

　勘一が頷きます。

　元になったものはわかりましたけれど、結局誰の作品か、何故和ちゃんのお祖母さんが知っていたかは何もわからない、ということがわかりましたね。

「もうひとつだけ教えてくれないかな」

　勘一が言います。

「何でしょう」

「元春くん、和ちゃんを見て、ちょっと逃げるようにして帰ったって話じゃないか。学校の先輩なのに、何でだい。何かトラブルでもあったにしちゃあ、和ちゃんは誰だかわからないって言ってたぜ」

「それは」

　元春さん、困った顔をしましたね。

「かなり個人的な話なので、ちょっと。でもあの、僕と君野先輩に何かあったわけじゃないです。君野先輩は僕のことを、覚えていないと思いますし、僕は君野先輩のことを知っていましたけど、ただそれだけです。僕と君野先輩の間には何もないです」

　強調しましたね。

　つまり、和ちゃんと元春さんの間には何もないけれども、周囲の誰かの中に、元春さんが和ちゃんを避けようとした何かがあるってことでしょうか。

「でも、もう大丈夫っていうか、平気です。今日もいるかなって思って来たんですから」

そうですよね。もちろんシフトは公表していませんから、今日も和ちゃんがいる可能性はありましたよ。

「あぁ、でも」

元春さんが、苦笑して頭を捻ります。

「あの、君野先輩が、昨日の僕の態度を変に思っていたってことですよね？　こうやって訊かれてるってことは」

うむ、と、素直に勘一も我南人も紺も頷きました。

「えーと、ですね」

元春さん、ちょっと辺りを見回します。まだかんなちゃん鈴花ちゃんは静かに店番をしていますし、古本屋にお客さんはいませんね。

「堀田紺さんは、作家の方ですし、我南人さんは有名なミュージシャン、それから〈TOKYO BANDWAGON〉の研人くんもいる家ですよね」

知っていたんですね。また三人で頷きます。

「信頼します。あの、君野先輩には絶対に伝えないでほしいんです。何の関係もないことなので」

真剣な顔ですね。

美しい顔がますます美しく思えます。

「信頼してもらっていいぜ。何よりも、和ちゃんはうちで預かってる大事な娘さんだからな。彼女の不利益になるようなことは、俺らは何を聞かされても、それを絶対に口外したりしねぇ。男と男の約束だ」

こういうセリフを真剣な顔で言うと、本当に勘一は絶対的な安心感を与えますよね。

元春さんも、うん、と頷きました。

「まず、僕は、君野先輩のことが好きだったんです。あ、今も好きです」

おお？　と、勘一が肩透かしを喰ったように身体を動かしましたね。紺も驚いています。我南人はにんまりしましたね。ここはまだあれを言うところじゃないと思いますよ。

どんな話が来るかと思えば、そうですか、恋の話ですか。

「いや、そりゃあ別にいいことじゃねぇか。別にストーカーしてたとかそういうことじゃねぇんだろう？」

「違います違います。君野先輩が東京の医大に入ったのは知っていたし、僕も東京に来て、会えればいいな、とか思ってはいましたけど」

うん、良かったですね。会えますよこれから。

「高校では何か、交流があったの？　後輩だし、和ちゃんはあまりよく覚えていないようだったけど？」

紺が訊きます。そうですよね。一方的な片思いということになるのでしょうか。元春さん、恥ずかしそうに少し下を向きましたね。

「君野先輩、将棋部だったんですよ高校で」

将棋部ですか。

「そりゃまた渋いな」

「知らなかったねぇえ。今度一局やろうかなぁあ」

我南人が将棋をやっているところなど見たことありませんよ。勘一は碁を少しはやっていましたけれど。

「それで、僕は美術部だったんです。美術部の部室の向かい側に将棋部が使っていた教室があって、僕が座るところからいつも君野先輩が将棋を指しているところが見えたんですよ」

なるほど、と皆が頷きます。学校の校舎の様子が浮かんできますね。

「帰り道が同じ方向なので、たまたま、あ、他にも何人か一緒だし並んで歩いたってわけじゃなくて、何となく固まって帰ったことも何度もあるんです」

「じゃあ、話したことも？」

「あります。何年生？　とか部活の話とか。二人きりじゃなくて何人もいたので、君野先輩もあまり覚えていないんだと」
五、六人で歩いていて後輩たちだとしたら、そんな感じにもなりますか。
「友達と話している様子とか、将棋を指しているところとか、あと美術部に君野先輩と仲のいい先輩がいたので、文化祭なんかでは交流があって」

「だんだんと、好きになっていった、と。そういうことかい」

そうです、と元春さん頷きます。何となく、わかりますよね。最初はその姿が気になり、眼につくようになり、話を聞いて、この人のことが好きなんだな、と気づいていく。

そういう恋もありますよ。

「怒られちゃうかもしれませんけど、君野先輩の絵も描いていました」

「肖像画をか」

「はい、そうです。今も実家に置いてありますけど」

「もちろん、見せたことはない」

はい、と元春さん頷きます。

「それはぜひ見てもらわなきゃあねぇえ。今度持ってきておくといいよぉお」

そうですよね。この恋が成就するかどうかはともかくも、こうして縁があって再会できたんですから。

「でも、ですね。君野先輩のお父さん、喫茶店を静岡でやっているんですけど」

「そうだな」

そう聞いています。

「僕の父と、同級生なんです。そして、高校生の頃からずっと結婚前まで、君野先輩のお母さんと三角関係だったそうです」

「あぁ?」

そんな話ですか。

「もしかしてぇ、和ちゃんのお母さんはぁあ、元春くんのお父さんを捨てて、和ちゃんのお父さんに走ったたってぇ? そういう話ぃ?」

「あくまでも僕の父の言い分です。なので、君野先輩の喫茶店は高校の近くだったんですけど、絶対に行くなと。僕が高校生の頃に君野先輩に憧れていたのをどういうわけか察して、そんなこと許さんぞとか理不尽なことを言っていたんです」

何とまぁ、勘一なら絶対に言うセリフがわかりますけど、息子さんの前で言っちゃいけませんよ。

「何たってケツの、いやすまねぇ」

元春さん笑いました。

「ケツの穴の小さい男ですよね。わかります。そんなの知るかって話ですけど、でも、父の気持ちもわかるんです。もしも僕が君野先輩と付き合ったら、結婚なんてなったら当然両家の親が会うわけで」

「あぁ、まぁなぁ」

「そうだね」

「確かにねぇえ」

それだけのしこりが両方の男親にあるのなら、満面の笑みでは会えませんね。どうしたもんだかと思ってしまいますよね。

「でも、それだけのことだし、そもそも君野先輩は僕のことほとんど知らないだろうし。昨日は、まさか会えるとは思っていなかったのに、急に眼の前に君野先輩がいて、ものすごく動揺してしまって」

なるほど、元春さんの気持ちもわかりますね。

「そういうこったか。いやわかった。もちろんその話は和ちゃんは知らないし、元春くんのお母さんも知らないんだよな？」

「知りません。なので、絶対に知られないように」

「わかった。安心してくれ。三人ともこの話は墓場まで持っていくからよ」

これで、安心して和ちゃんと会えますね。どうやって誤魔化すかは、まぁ紺がこの場にいるからどうとでも話を作ってくれるでしょう。

「まぁこれで安心したが、わからねぇのはその『猫のチャンと犬のクン』だな。実はよ、元春くん」

「はい」

「その童話な、和ちゃんも知ってるんだ」

「え？」

説明しました。和ちゃんのお祖母さんが、和ちゃんが小さい頃に話して聞かせていたこと。和ちゃんは、お祖母さんのオリジナルだと思っていたこと。

「それで、ですか。僕のことを」

「そうなんだよ」

うーんと、元春さんも唸ります。

「何ででしょう。どうして」

紺が、何かに思い当たったようですね。

「ここまでの話でわかったことはさ」

「おう」

「『猫のチャンと犬のクン』の朗読が入ったカセットを持っていたのは、元春くんのお祖母さん、それを話して聞かせていたのは和ちゃんのお祖母さん。そして元春くんと和ちゃんのお父さんたちは同級生」

紺がゆっくりと言います。

「そうだな」

「つまり、お祖母さん同士も知り合いってことは？」

「あ」

「そうかぁ」

そういうことですか。

「『猫のチャンと犬のクン』の童話をある意味で持っていたのはその二人なんだから、知り合いじゃない方がおかしいような気がする」

「確かにな。しかし和ちゃんのお祖母さんは亡くなっているから」

「確認するならぁ、元春くんのお祖母さんにもう一度ちゃんと訊いてみるしかないねぇえ」

そうですね、と元春さんも頷きます。

「電話じゃ伝わらないから、直接あの本とテープを持っていって確認した方が早いですね」

「そうかもねぇえ。お祖母さんも静岡ぁ？」

「三島《みしま》市にいます。一人暮らしなんです」

「ちなみに、お祖母さんのお名前は？」

紺が訊きます。

「仲条《なかじょう》です」

「仲条？」

勘一も我南人もちょっと反応しましたね。

その名字には覚えがありますよ。

「え、下のお名前はぁあ？」

「桐子《きりこ》です。仲条桐子っていうのが、祖母の名前です」

「ええっ！」

「あぁ！」

びっくりです。わたしも声を上げてしまいました。誰にも聞こえていませんけれど。

そして、ようやくわかりました。元春さん、どこかで会ったようなお顔だと思っていたのですが。

紺も元春さんも、勘一と我南人の大声に驚いていますよ。

そうですよね。紺は知りませんからね。知っていても名前ぐらいでしょうか。

勘一が、ポン！　と座卓を叩きます。

「キリちゃん！」

「キリちゃんぅ！」

「するってぇと元春くんよ。あんたのお祖父さんってのは、お祖母さんの旦那は、北稔っていうんじゃないか!?」

「はい、そうですけど。随分昔に亡くなったので」

「北ちゃんの、孫だったのぉお!」

大騒ぎです。

元春さんは、何を騒いでいるのかわからないでしょうけど。紺も、久しぶりに祖父と父がこんなに興奮しているのを見たのではないでしょうか。

我南人の、最初のバンドメンバーでその後アイドルになった北稔くん、そして秋実さんと一緒の養護施設で育ったキリちゃん。

その二人は、アイドル時代に、結ばれたのですよね。まだ若かった勘一も、生きていたわたしも、若者だった我南人も一生懸命二人を助けようとして走り回ったのですよ。

「驚きだ。元春くんよ。お前さんのお祖母さんを、俺らはよっく知っているんだ」

「そうだったんですね」

「どうすっかな。こりゃあもう会って話した方が早いだろうよ。お祖母さんは三島市で一人暮らしだったな? 身体は丈夫なのかい?」

元春さん、頷きます。

「元気ですよ。全然普通に出歩けます」

「こっちまで来てもらうことぉ、できるかなぁあ。お仕事はしてるのぉお？」

「自分の家で、ピアノの教室をやっているんです。でも、今はほとんど開いていないので、たぶん大丈夫ですよ。電話してみますね」

　そうしてくださいな。

　キリちゃんに会えるなんて、嬉しいですよ。


「いやぁ、しかしなぁ」

　キリちゃん、仲条桐子さん、そして芸名は冴季《さえき》キリ。

　本当にお久しぶりです。

　何よりもまず、秋実ちゃんに会いたい、とキリちゃん仏壇の前にいます。

　お線香を立てて、キリちゃんずっと長いこと手を合わせていました。

　前に来てくれたのは、もう十数年も前でしたかね。

　でも、お墓参りにはよく行ってくれているそうです。年賀状も、今年もしっかりキリちゃんから来ていました。

　昨日、元春さんに頼んでキリちゃんに来てもらえないかと電話してもらったら、キリちゃんも相当に驚いていたそうですよ。

孫から電話が来て、今、眼の前に我南人さんと勘一さんがいると言ったんですからね。

さすがに今日明日は無理かと思ったのですが、キリちゃんは明日にもすぐ伺うと言ってくれました。和ちゃんに確認すると、明日は午後四時なら行けると。元春さんもその時間なら来られるということになったのです。

居間には、勘一に我南人に紺、そして和ちゃんに、元春さん。花陽も来られるというので帰ってきました。

皆で、居間の座卓を囲みます。

「大変ご無沙汰しておりました」

キリちゃん、もう還暦を過ぎましたけれど、あの頃の美しさはありますよね。

「まだねぇ、ちょうどここにいる若者たちくらいのときだよねぇ、僕らが出会ったのはねぇえ」

「そうですよね」

キリちゃんも、懐かしそうに微笑みます。

「本当に、時が流れてしまいました。でも、勘一さんも我南人さんもお元気そうで良かったです」

「こちらこそだよ。もっともなぁ、こちらも秋実さんが死んじまってからはご無沙汰でね」

「北ちゃんがねぇ、早くに逝っちゃってさぁ」

我南人が言うと、キリちゃんが、静かに頷きます。

少し眼を伏せます。

「大変だったろう、あの頃さぁあ」

力なく微笑みました。

「もう昔のことですけどね。そもそも北の家と私は折り合いが悪くて。向こうは良い家柄で、私は孤児で。あんなに派手に結婚会見とかやって世間を大騒ぎさせて」

溜息をつきます。そうでしたね。結婚にも随分反対されましたものね。

「もちろん、幸せな日々が続いたんですけれどね。私はすぐにアイドルをやめてしまったし、稔さんが病気になっちゃって、死んでしまって。北の家には疫病神みたいに言われたんです。稔さんが死んだのは私と結婚したせいだ、なんてね」

そんなことが。

「ちょっと聞いたなぁ、その頃に。そんな話ぃ」

「そうだったのかい。ちっとも知らんかったな」

そうですね。

「でも、ちゃんと籍を抜けてね。一人で、娘の舞《まい》を育てました。今の家はその頃に建てたものなんだけど、ちゃんとアイドル時代に稼いだお金で建てたんですよ」

微笑みます。キリちゃんも強い子でしたからね。

「秋実ちゃんも死んじゃって、こっちには縁がなくなっちゃって。それでも今の私がいるのは堀田家の皆さんのお蔭なのに、ずっと会いにも来なくて、申し訳なかったです」

「そんなのはいいんだよ。元気でやってりゃあな。そしてほら。こんなびっくりする出会いがあったんだぜ。まさか元春くんがキリちゃんの孫たぁなぁ。秋実さんも喜んでいるさ。まさかこんな縁でまた会えるとはってな」

「そうですよね。本当にびっくりしました。でもね勘一さん。元春ちゃんが東京に行くって聞いて、アパートの住所を聞いたらわりとここから近かったので、この子は本が好きだからひょっとしたら堀田さんのところに行くかなぁ、って思っていたんですよ」

「本当に来たなぁ」

笑います。

それにしても何にも知らずに来たのですからね。そもそも元春さん、お祖母さんが芸能人だったことはほとんど知らなかったそうです。

「何か、昔は歌を唄っていたっていうのは聞いたんですけど、まさか我南人さんとも知り合いとは」

「そう、それで、我南人さん、勘一さん」

「ほい」

「電話でも聞いた、あの童話ね。わかりました」

「わかった？」

キリちゃん、恥ずかしそうに笑います。

「私も、すっかり忘れていたんです。今日持ってきたのをまずは聞かせてあげて」

「うん」

元春さんが、例のカセットテープを出します。カセットデッキは研人から借りてきましたよ。ちゃんと持っているんですよね。

カチッ、とわたしたちには懐かしい音がします。

しばらく雑音があり、朗読の声がスピーカーから響いてきました。


『猫のチャンと犬のクン』

猫のチャンは、黒猫です。

犬のクンは、真っ白です。

二人はとても仲良しで、いつも一緒に暮らしているのですが、ひとつ困ったことがあります。

夜の闇の中でチャンは見えなくなり、昼の光でクンが見えなくなるのです。

「えっ」

「なんと」

びっくりです。勘一も、我南人も、紺も口を開けました。わたしも開けてしまいました。

「秋実の声だぁ」

「おふくろだよね！」

「秋実さんだよ」

秋実さんの声です。間違いありません。あぁなんて懐かしく響くのでしょう。

「ちょっと止めましょう」

キリちゃんが止めます。

「テープが劣化していて切れたりしたら困るから、これそっと取り出してね。そう、我南人さん、あなたならしっかりこれを録音し直して、デジタルとかで保管してもらえるでしょう？」

「できるねぇえ、大丈夫だよぉ」

「お預けします。気軽に聴けるようになったら私にもください」

「もちろんぅ、でも、どうしてこの朗読がぁ？」

キリちゃん、微笑んで頷きます。

「いつだったかなぁ、まだ舞が小さい頃、三十年も四十年も前かな。たまたま誕生日に会うことがあって、プレゼントだってあの本をくれたんです」

「秋実さんだったのか」

「そしてね、自分が書いた童話が入っているって。自分で朗読したから聴いてって」

「え、おふくろが？」

秋実さんが、『猫のチャンと犬のクン』を書いたのですか。

「全然知らなかったねぇえ」

わたしもですよ。秋実さんが書き物をしていたのは、見たこともありません。

「こんな才能があったのか」

紺です。本当に驚いていますね。

「紺の文才はどこから来たのかと思ってたけどよ。秋実さんだったのかもしれねぇな」

勘一が唸ります。確かに紺の文才はお義父様、草平さんからと思っていたのですが、秋実さんだったのかもしれません。

「これ、私すっかり忘れていて、前に元春ちゃんから電話貰ったときも、何のことかわからなかったんです。ごめんなさいね。私がこんがらがらせちゃったみたい」

「あの、じゃあ」

和ちゃんです。

「私の祖母にこれを教えたのは」

「私よ、和ちゃん。私ね。あなたのお祖母ちゃん、茂美《しげみ》さんとはすっごく仲良しだった。この童話もね。私が一度聞かせてあげたらすごく気に入って、自分で聴きながら書き取って持って帰っていたわ」

「それを、私に聞かせていたんですね」

わかってみれば、単純なことでした。

でも、まさかこの童話を秋実さんが。そして和ちゃんともこんなふうに縁が繋がるとは。

「おふくろは、ひょっとしたらもっともっとこういうことをしたかったのかなぁ」

紺が言います。

「どうなんだろうな。秋実さんはとにかくお前たち、子供たちのことだけを考えていたからな」

勘一です。そうでしたね。秋実さんはそういう人でした。藍子も、紺も、青も、皆同じように愛して、育てて、他の誰にも同じように愛情を注いで、本当に太陽のように周りを明るくして笑顔にさせてくれる。そういう人でしたよね。

「でも、秋実は僕たちのことを、ずっと見ていて、それで満足していたよぉ。それがいいんだってぇ。僕の音楽をずっと聴いて、僕たちがよければ自分もそれで幸せってさぁ」

「そうだな」

「秋実ちゃんは、本当に幸せでしたよ」

キリちゃんです。

「ずっと一緒に育った私にはわかる。幸せで、皆さんという家族に囲まれて、あの世に先に逝ってしまったけどずっと幸せな笑顔のままです。この童話は、きっと私のためだったんだろうなと思います」

キリちゃんのために。

「稔さんを失ってしまった私のためにね。私のためだけにくれたプレゼント。決して好きなことをやってる皆を羨んだとか、自分はこうしたかったとかそういうことじゃないと思います。忘れちゃう私も私だけど、こんなふうにめんどくさい形にした秋実ちゃんも秋実ちゃんですよね。あの子そういうところあったから」

笑いました。確かにそうですね。

でも、本当にありがとうですね。こんな素敵なプレゼントが、あったなんて。嬉しいですよ。

あぁ、居間に紺が来ましたね。そのまま仏間に来てくれました。

話せるでしょうか。

おりんを静かに鳴らして、手を合わせてくれます。

＊

「ばあちゃん」

「はい、お疲れ様。今日は嬉しかったねぇ」

「まさか、おふくろの声が聴けるなんて。ちょっと泣きそうになってしまったよ」

「わたしもですよ。本当にびっくり」

「それで、元春くんと和ちゃんのお父さんの件だけどさ、元春くんがキリさんに訊いてみたら、キリさんが笑っていたんだ。そんなの知ってるわよって」

「え、そうなのかい？」

「キリさんにとっては娘たちの話だからね。今度娘を通して釘《くぎ》を刺しておくから、心配いらないって」

「そうかい、じゃあ元春さんは、和ちゃんに堂々と会いに来られるね」

「そういうことだね。和ちゃんもさ、ちゃんと覚えてたよ元春くんのこと」

「あれだけ美しい後輩を覚えていないはずがないですよ。恋に発展するかどうかは、わかりませんけどね」

「そうだね。今度和ちゃんの実家へ挨拶しに行こうかって話したんだ。一応、娘さんを預かってる身としては」

「アルバイトとはいっても雇い主であるのは違いないんだから」

「元春くんだって、我が家と縁があるんだからさ」

「そうですよ。北ちゃんとキリちゃんの孫なんですからね」

「いつにするか、楽しみだよ。あれ、終わりかな？」

話せなくなりましたね。

終わりましたか。

寒くなってますからね。ちゃんとかんなちゃん鈴花ちゃんの布団の様子を見てから寝てくださいね。


恋は、いつまでも恋。

歌の文句ではありませんけれど、どんな時代になっても恋とは変わらないものですよね。愛は案外いろんなことで時代とともに変わってしまうものだと思うのですよ。その形も、何もかも。

でも、恋は、わたしたちやもっと古い時代から今の新しい世の中でも、まるで変わっていないと思います。

誰かを好きになったと気づいた瞬間から始まる時間は、男性でも女性でも何も変わらず同じですよ。

愛が実るとはあまり言いませんよね。もしも愛が実ってしまったらその後は大人の難しい人生の始まりにも通じてしまいます。

でも、恋は実るのです。もちろん実らない恋もありますけれども、また恋をすることはできます。実った果実は甘かったり酸っぱかったり青かったりするのですが、それがまた恋することの魅力です。

恋が実り、愛になり、大人の人生が始まって辛いことばかり続いたりもするのですが、実った恋の思い出は決して色褪せることがありません。それは人生を生きていく力にもなるのですよね。

㊇ ハロー・グッドバイ

一

十二月になっても、まだ一度も雪がちらつくことはありません。

わたしがまだ若い頃には、この辺りでもけっこう雪が降り、そこここで子供たちが橇《そり》遊びや雪合戦をしているという光景がありました。

今は、そんなに降ることは滅多にありませんね。大体は翌日には融けてしまいますよね。それでも、記憶ではクリスマスの朝に降って少しばかり積もって、ホワイトクリスマスになったと喜んでいた年もあったと思います。

我が家の庭で冬の風物詩と言えば、庭に突き刺した細竹の先にミカンをつけたもの。ミカンは小さいもので少し上の方の皮を剝《む》いておくといいですよ。こうしておくと、オナガとかヒヨドリなどの野鳥がやってきてついばんでいくのです。

野鳥たちは、可愛いですよね。細竹があまり縁側に近過ぎても、人が来るとすぐに気配を察して逃げてしまうので、ほどほどの距離を保てるところに刺します。

犬猫たちが心配で餌台はやったことがなかったのですが、もっと庭に来る鳥たちが見たいというかんなちゃん鈴花ちゃんのリクエストで、一時期、冬の間庭に餌台を造って置いたこともありました。

餌には市販のくず米や野鳥の餌というものをあげてみたのですが、これが、やっぱりちょっとやめた方がいいな、ということになってしまいました。

野鳥たちがやってくるのは良いのですが、案の定、我が家の四匹の猫たち、ベンジャミンにポコにノラに玉三郎が、騒ぎ過ぎるのですよね。

たまにスズメなどがやってきて庭でチュンチュンしている分には、猫たちもたまたま見つけたときに少し騒ぐぐらいで、それはまた猫の可愛さでいいのですが、常に餌のあるところに野鳥たちが来るとわかると、猫だって学習しますよね。ずーっとそこを見張っていたりします。

猫が四匹も縁側に並んで、野鳥が来る度に飛びかかろうとしてガラス戸を叩かれると、困りものなのですよ。若いノラと玉三郎などは爪も出してしまって、ガラスが割れないかとひやひやしました。

そして、野鳥の餌にはヒエや粟《あわ》やヒマワリの種などが入っているのですが、それが台から落ちて翌年の春に芽を出したりするのです。それもけっこうな多さで。ヒマワリが一本二本咲くぐらいなら喜んでいられるのですが、ヒエや粟がごそっと芽を出すと草むしりも大変でした。

なので、冬の餌台はなしになりました。せいぜいがああして、ミカンをつけた細竹を刺しておくことですね。

師走は行事が目白押しです。

この界隈《かいわい》で毎年二十七日頃に行われる名物行事が、二丁目の〈昭爾屋〉さんの餅つき大会です。

老舗の和菓子屋さんである〈昭爾屋〉さん。商売用のお餅をたくさん作るのですが、お餅は正月には欠かせないもの。どうせならご近所さんと一緒に餅つきをして、ふるまい餅をして小さな商店街を盛り上げようと始めたものなんですよ。

もうかれこれ二十数年続いていますから、立派な地域のお祭りになっています。〈昭爾屋〉さんの店先とお隣の玩具屋《おもちゃや》の高橋《たかはし》さんのところの駐車場をお借りして行います。

臼《うす》と杵《きね》を持っているお宅から集めて、並べて皆でお餅をつくのですが、始めた頃に集められた臼と杵は全部で三つ。それはもうずっとそれぞれの三軒のお宅で、この行事のために大切に保管しています。

我が家の物置にもずっとありますよ。

臼の方はわたしが堀田家に来た頃に新調したものを今も使っていますから、使い始めて何十年になるんでしょうね。ああいうものは壊れないものなんだなと感心しています。時期まぁ使うのは年に一回ですから、使用頻度からするとまだまだもつのでしょうか。時期になるときれいに洗って干して、この日に備えます。

研人はもう小学生の頃から杵を持って餅つきをやっています。今年は、昨年受験で参加できなかった芽莉依ちゃんも参加しましたが、これで芽莉依ちゃんなかなかのスポーツウーマンでもあります。しっかり杵を振り下ろしていました。

花陽の彼氏であり〈LOVE TIMER〉のドラムスだったボンさんの息子の麟太郎さんも、ちょうど休みが取れたそうでやってきました。「杵を持つのは生まれて初めてです」と、すごく嬉しそうに言っていましたね。

花陽がお餅を返し、麟太郎さんが杵を振るという、まぁ気が早いかもしれませんが、将来の夫婦の息の合うところを見せていましたよ。

かんなちゃん鈴花ちゃんももう何年も杵を自分で振るってみたくてうずうずしているのですが、まだまだ無理ですね。紺と青のお父さんたちと二人で一緒に杵を持って、えい、と振り下ろすのが精一杯。

それでも本当に楽しそうなんです。

つき上がって次々に運ばれてくるお餅を、今度は女性陣がテーブルの上でどんどんちぎってさばいていきます。黄な粉餅や納豆餅、砂糖醬油と、好きなお餅が自由に食べられます。

ここ何年かは随分バリエーションが増えまして、キムチ餅とか、大根おろしのみぞれ餅、醬油バター餅と、毎年のように新しい食べ方が登場します。

その他に、〈昭爾屋〉さんで昔に使っていた薪ストーブが置かれて薪が赤々と燃えています。大きなお鍋を薪ストーブの上に置いてお汁粉も作るんですよ。お雑煮を作らなくなったのは、それはちょっと経費が増えてしまうのもありますが、お正月の各家庭のお楽しみということで。和菓子屋さんではあるものの、お餅の調理法ということでいろんなお雑煮のレシピなども配ります。お餅を買うならぜひ〈昭爾屋〉で、ですね。

当初は本当にご近所さんだけで集まったものですが、今では町内会の外からもたくさんの人が集まってくるようになりましたので、きちんと売り物にするお餅も店先に並べているんですよ。

近所の皆さんが集まって、こういう風情ある行事を楽しむことができるのも、下町と呼ばれるこの辺りの良いところですよね。

〈東京バンドワゴン〉の年末の営業は、基本的には古本屋もカフェも毎年二十八日までです。

二十九、三十、三十一日は大掃除と、お正月のお節《せち》作りなど年越しの用意をして、明けて三が日は何もせずに、しっかりと休みます。年始の営業は年によって変わりますが、来年は四日、五日でそれぞれに準備をして、六日からはほぼ通常営業となります。

わたしたちの若い頃は概ねどんな商売もそれぐらいが普通でしたが、時代が進むにつれてどんどん大晦日《おおみそか》もお正月も関係なく、営業しているお店が多くなっていきましたよね。コンビニがそうであるように、開いていましたら実に便利で、ついつい利用もしてしまいますから、それが当たり前になってしまいました。

けれども、ここのところはしっかりと年末年始の休みを取ろうという風潮が出てきましたよね。わたしもその方がいいと思います。

年の瀬、そして新年。新しいときへ向かう前に、家族や大切な人たちだけで過ごすというのはとても良いことだと思いますよ。

今年も最終営業日は二十八日となりました。

その日に、普段はあまり使っていない我が家の正面の玄関前に、門松を置きます。そして家のあちこちに注連飾《しめかざ》りと鏡餅を飾っていきます。

門松とは、本来は毎年新しく作るものなんでしょうけれども、今年も数年前にマードックさんと研人が作ったものをそのまま使います。今は肝心のアーティストであるマードックさんがイギリスに住んでいますからね。また帰ってきたときには新しく作ってもらおうという話になっています。

注連飾りは近所のお店で売っている既製品。鏡餅は、小さいものは真空パックのものを買ってきちゃいますけれど、仏間の床の間にはやはり本物でなくてはならないと、〈昭爾屋〉さんから買ってきた立派な鏡餅を飾ります。

鏡開きをする頃には相当に黴《か》びちゃっているのですけれど、黴をこそげ落としたらきちんと食べられるのですよ。

二十九日の朝から、大掃除をする組とお節料理を作る組に分かれるのはいつものことです。毎年大掃除をするのは主に男性陣で、お節料理を作るのが主に女性陣としていたのですが、今年は人が増えていることや勘一の体力の心配もあるのでいろいろと変えることにしました。

隣の〈藤島ハウス〉には我が家の人間が三人住んでいますし、今年は会沢家に加えて増谷家も住んでいます。もちろん、美登里さんも池沢さんも。他にも蔵の大掃除を手伝いたいという奇特な藤島さんや、元刑事の茅野さん、近所に住む本が大好きな春野《はるの》のぞみちゃんもやってきます。

なので、〈藤島ハウス〉を含めて掃除をしたい人は大掃除組。体力が心配な勘一を含めてお節料理を作りたい人が台所へと分かれました。

大掃除組はなかなか大変です。さらに〈古本屋とカフェ組〉〈蔵の中組〉そして〈藤島ハウス組〉に分かれます。

掃除をするのは、紺に青に研人にすずみさん、茅野さんに藤島さんに、裕太さんにお母さんの三保子さん、夏樹さんに玲井奈ちゃんに、池沢さんとのぞみちゃん。

かんなちゃん鈴花ちゃんと小夜ちゃんは、主に掃除で居場所がなくなりうろうろする犬のアキとサチ、猫のベンジャミンとノラとポコと玉三郎の監督係ですが、手にモップを持ってお手伝いもします。

お節料理に回るのは、勘一に我南人、亜美さんに花陽に芽莉依ちゃんと美登里さんに、裕太さんの奥さんの真央さん。

これで勘一も我南人も料理はできますし、そもそもお節料理を全部手作りはしません。市販のものを買ってきて、それをお重に詰めていくだけのものも多いですから、むしろ動かないけれども手先が器用な勘一や我南人に向いている作業ですよ。

我が家で手作りするのは、黒豆に栗《くり》きんとん、なますに煮しめ、昆布巻きや田作りなど。これぐらいなら、意外と簡単に皆で作れちゃいます。

お正月のお節料理は、いつも料理を作る人たちがお正月の三が日、ご飯を作らないで楽をできればそれでいいんです。そのお節料理を作るのにまた苦労をしては本末転倒というものですよ。

皆で楽しくわいわい言いながら、作ったり詰めたりする。伝統を大事に守りながらも、時代に合わせてちょうどよくする。これぐらいでいいとわたしは思いますよ。

大掃除をして、料理をして、そして一段落ついたところで、勘一は古本屋関係の年末のご挨拶回りにも向かいます。このところはすずみさんと青がお供をしていますので、二人もそろそろかなと、出かける準備をし始めたのですが。

スマホの着信音が鳴っています。

古本屋の掃除をしていた、紺のスマホですね。

「あれ、藍子だ」

「藍ちゃん？」

ちょうど隣にいた青も反応します。イギリスにいる藍子はいつもはパソコンで顔を見ながら話せるスカイプとかを使って連絡してくるのに、スマホに電話してくるのは珍しいですね。

「もしもし？」

紺が出ます。

「うん、こっちは今三時になるところ。まだそっちは朝じゃないの？」

時差がありますからね。たぶん朝方六時とかそんなものではないでしょうか。

「え？」

紺が顔を顰めました。そして青を見ます。これは明らかに何かあった顔ですね。どうしましたか。まさかまたマードックさんが事件に巻き込まれたのではないでしょうね。紺の電話の様子はなんとなく聞こえていたのでしょう。勘一がどうした、と、顔を出してきました。

「そうか、急じゃなかったんだね。うん。そうか。わかった。こっちで何かすることある？」

これは、ひょっとして。

勘一の顔も曇っています。亜美さんもすずみさんも我南人も花陽も、何事があったのかと寄ってきました。

「そうだね。いやもちろんそうだ。わかった。うん、そっちが落ち着いたら、言ってきて。それまでこちらからは連絡しないから。あぁ、マードックさんは？　そこにいるの？　今電話に出られる？」

紺が一瞬、スマホから顔を離します。

「マードックさんのお母さん、亡くなった」

あぁ、やはりそうでしたか。勘一も皆も、何となくそうじゃないかって思っていましたよね。

研人も来ていましたね。悲しそうな顔をします。スマホを取り出してＬＩＮＥ《ライン》していますから、甘利くんと渡辺くんに連絡しているのでしょう。二人とも、マードックさんのお母さんにはイギリスでお世話になりましたからね。

「あぁ、マードックさん。うん、淋しくなるね。うん、もう一度会ってお礼を言いたかったんだけど。うん、皆には言っておくから、そして今ここに皆いるけど、お母さんに伝えておいて。皆が、感謝していますって。うん。じゃあ、切るから。藍子に言っておいて」

電話を切ります。ふぅ、と息を吐いて、皆を見回します。

「マードックさんのお母さん、今朝起きたら冷たくなっていたって。静かな、安らかな顔だったってさ。眠ったまま逝ったんだと思うって」

「そうかぁ」

我南人です。

「もう一度会いたかったねぇ。残念だよぉ」

「行こうって話してたんだ。ナベと甘ちゃんとさ。ウェスじいちゃんメアリーばあちゃんともう一度会ってお礼を言ってこようって」

研人です。悲しそうですね。

「まぁ安らかに、眠るように逝ってくれたってのは救いだな。それで？　葬儀とかもちろんするんだよな」

勘一が訊きました。

「するけれども、くれぐれも堀田家から誰かが来なくていいからねって。藍子もマードックさんも。マードックさんのお父さんも言っていたってさ。お心だけでありがとうございますって」

少し渋面を作りますが、素直に頷きます。

「まぁ仕方ねぇな。イギリスまで葬儀だけで誰かを行かすわけにもいかねぇし、行ったところで本当に向こうに恐縮がられるよな」

「そうだね」

これが国内であるならば、多少無理してでも伺うのですが、海外はちょっと難しいですね。

「お墓はあるの？　マードックさんちの」

花陽が訊きました。花陽だって、イギリスに遊びに行ってお世話になりましたよね。もう何年も前にはなりますが、とても楽しかったといういい思い出になっています。

「あるはずだよ。もし今度イギリスに行くことがあったら、お墓参りをさせてもらえばいいさ。向こうは日本と違って仏壇はないからね」

それはそうですよ。

「葬儀は、どうやるんだ。聞いたか？」

「向こうも年の瀬でね。葬儀は手配したんだけど、イギリスはお葬式まで一、二週間かかるらしくて。でも、何もしないまま年を越すのはあまりにも淋しいから、ごく身近な人たちに声をかけて、今日の昼から家でこぢんまりとお別れの会を開くみたい」

「そんなにすぐにか。まぁそうか。新年が来るんだからな」

「向こうのスタイルは、お通夜がないんだ。遺体はもう葬儀場の遺体安置所に移して、自宅に戻ることはないんだって。エンバーミングという方法で遺体を保存して、年始に日を改めて火葬と正式なお別れ会をするって言ってた」

わかった、と皆が頷きます。

「落ち着いたら、藍子とマードックさんからこっちに連絡来るから。それまで、向こうに特に連絡する必要はないからね。まぁＬＩＮＥで藍子と話すことぐらいはいいけれど。色々忙しいだろうし、騒がないでおいてあげよう」

「あれは？　こっちでいう香典みたいなものって、ないの？」

研人が訊きます。

「ないこともないけれど、それもこれも後からだね。甘利くんと渡辺くんにも伝えておきな。後からこっちでまとめてやるからって」

そうしましょう。ただ、安らかな眠りにつかれることを祈っておきましょう。

そして、お別れ会のようなものは、昼からご自宅でですか。

向こうのそういう弔いの様子は映画などで観たことありますよ。家の中で、皆で少しばかり飲み食いしながら故人を偲《しの》ぶのですよね。喪服は黒と決まっている日本よりは、わりと服装もラフで、近所の方が入れ替わり立ち替わりしたりして、ざっくばらんにやっている印象があります。

向こうで昼からということは、こちらでは夜の九時ぐらいから始めることになるのですね。

マードックさんの家なら、わたしはすぐに行けます。

行っても、もちろん藍子にもマードックさんにもわたしは声を掛けられないし顔も見せられませんが、せめてお母様にご挨拶してきましょう。藍子が、そしてうちの皆がいろいろとお世話になりましたと。

後で行ってきましょう。

夜になりました。

晩ご飯も終わり、皆が順番にお風呂に入って、それぞれの部屋だったり居間でのんびりしています。とはいえ暮れも押し迫ってきてますからどこか落ち着かないですよね。かんなちゃん鈴花ちゃんも冬休みに入っていますし少しばかり夜更かしとかしていますか。さっき芽莉依ちゃんと花陽と一緒に〈藤島ハウス〉へ向かっていきましたよ。

十時ですね。

ちょっとわたしは、オックスフォードのカウリー、マーストン・ストリートにあるマードックさんの家へ行ってきましょう。

行ったことのある場所なら、一瞬で行けるこの身です。どういう仕組みかはまったくわからないのですが、その場所を思うだけで行けるのです。

着きました。

お天気は良いようです。ひとまず家の前の道路に出たのですが、何台か車が並んでいました。きっとお別れの会に来た方の車でしょう。

こぢんまりとした会ということでしたが、近隣から皆さん駆けつけたようです。開いている玄関前にも人が数人たむろしています。スーツ姿の人もいれば、ラフな革ジャンの方もいますね。今やってきたご婦人などは、明らかにご近所の方ですね。普段着のまま、サンダルをつっかけてきたという雰囲気です。

わたしはこの身体なのですが、実は誰かにぶつかると弾かれてしまうのです。ですから、ああして玄関前にいられると中に入っていけません。窓は擦り抜けられますし、一瞬で室内に移動できますけど、このような場に来て、それはあまりにも不作法ですよね。

もう少し待ってみましょう。

また一台車が来ましたね。

あらっ、あれは、ジュンさんではありませんか。

ジュン・ヤマノウエさん。

ロンドン警視庁〈美術骨董《こっとう》盗難特捜班〉の事務官で、今年の春にマードックさんのことでお世話になったのですよ。

車が停《と》まって、グレイのパンツスーツに身を包んだジュンさんが車から降りてきて、玄関前をうろうろしている和服姿のわたしをすぐに見つけてくれました。嬉しそうに笑顔を見せてくれましたが、わたしに声を掛けるわけにはいきませんね。

一度車から降りたジュンさんが、こっそり手招きしてまた車に乗り込みました。はい、わたしも助手席にお邪魔します。

「まぁ、ジュンさん」

「サチさん！　お久しぶりです」

あまり長々と話はできませんね。ジュンさん、わたしと話していても変に思われないようにでしょう。スマホを耳に当てて、電話をするふりをしてくれます。

念のため英語で話しましょうか。

『サチさんが姿を見せるかなって思ってました。まさか他の皆さんは来られないでしょうから』

『そうなのですよ。そしてジュンさん、来てくれたのですね。会えるとは思いませんでしたよ』

もっとも、スコットランドヤードにひょいとお邪魔したらいつでも会えるのですけれどね。

『あれから、ずっとアイコさんやマードックさんとはお付き合いさせてもらっていますから。もう、友達です。アイコさんとはなんか長年の友人みたいな気がします』

藍子もそう言ってるのを聞いてましたよ。主に仕事絡みですが、絵のことでよくジュンさんとは会っているんだって。

そういえばジュンさんって、〈はる〉さんの真奈美さんとちょっと雰囲気が似ていますよね。顔形ではなく性格とか醸し出す雰囲気とか。真奈美さんと藍子はとても気が合う親友と言ってもいい間柄ですから、年齢は一回り以上も違うでしょうけれど、藍子はジュンさんともそうなのかもしれません。

『マードックさんのお母様は、残念でしたね』

『本当にね』

『ケントくん、元気ですか。ガナトさんも。あれから私、まだ〈TOKYO BAND WAGON〉をずっと聴いているんですよ。いい曲ばかりで』

嬉しいですね。

『元気ですよ。甘利くんも渡辺くんも、三人で仲良くやっていますよ。お祖母様、ハンナさんは？』

『全然元気です。とはいってももう七十代ですから、こういう話を聞くとあれこれ考えちゃいます』

『そうよねぇ。そういえばジュンさん、その後どうなんですか、ロイド警部補とは』

あのとき聞きましたよね。ロイド警部補のことを思っていると。ジュンさん、苦笑いしましたね。

『まぁ、ちょっとは』

『ちょっと？』

『進展はあったかな、って感じです』

『それは良かった』

『サチさん、そろそろ行きましょうか。あまりこうしていると変に思われます』

そうですね。

ジュンさんの後について、マードックさんの家へ入っていきます。

十人ぐらいの方が、中にはいますね。知らない人ばかりですが、いえ、画商で弁護士、マードックさんの幼馴染みであるケネスさんがいらっしゃいました。お元気そうで何よりです。

藍子がいました。マードックさんも。

二人とも黒い服を着ていますね。お知り合いの方々と静かに、でも和やかにお話ししています。お父さんのウェスさんも、やはり訪れた方々とお話をなさっています。覚悟していたとはいえ、お辛いですよね。

姿こそありませんが、メアリーさんの気配がまだそこかしこに感じられる暖かいお家の中で、お疲れ様でした、ありがとうございましたと、手を合わせます。たぶんそのうちそちらに行けると思います。日本人とイギリス人が同じところに行けるのかどうかわかりませんけれども、会えますよきっと。

藍子に挨拶してきたジュンさんが、さり気なくわたしの横に立ちました。

「サチさん」

振る舞われた紅茶をすするふりをして口元を隠し、小声で、日本語で言います。

「私、仕事があるのでもう帰ります。また来てくださいね。待ってますから」

「わかりました」

にっこり微笑みます。

そうします。今度は二人きりで話せるところで、ゆっくり語り合いましょう。

ジュンさん、さっと身を翻して玄関から出ていきます。本当にジュンさんは仕事のできる格好良い女性ですよね。少し進展があったとはいえ、あんないい人をずっと放っておくロイド警部補の気が知れないんですけれども、まぁ離婚経験者ですからね。慎重になっているのかもしれません。

ひょっとしたらもうお別れ会も終わるのかもしれませんね。まだわたしが来て十分も経っていないんですけれど、だんだんと人が少なくなってきて、弾かれる心配がなくなりました。もう家の中には、家族以外はケネスさんしかいません。

どなたかが入ってきましたが、どうやらこの方たちは葬儀関係の人ですね。無事にご遺体が葬儀場に到着したようです。マードックさんと話をするのが聞こえてきてわかりました。実際の火葬までの段どりを相談していますね。

なんと、火葬場には家族は行かないのですか。そして、後から遺灰が家に届けられるのですね。

なるほど、こちらではそういうシステムもあるのですか。

ところ変わればなんとやらですけれど、味気ないというのもこれは違いますが、日本とは随分違うものです。そうですよね。仏教の国ではないのですし、そもそも日本の葬儀もその土地土地や宗教観の違いで、やり方が異なることはたくさんありますものね。

『じゃあマードック』

ケネスさんが玄関で手を振って、自分の車に乗り込んでいきます。

『うん、ありがとう』

ケネスさんの車を見送ってから、三人で、家の中に戻ります。

わたしももう少し一緒にいましょう。

ウェスさんはソファに座り、藍子とマードックさんは家の中を片づけています。皆さんを迎えるために動かした家具などを元通りにするのですね。飲み食いした食器類も片づけていきます。

マードックさんも、藍子も、少し疲れている様子ですけれど大丈夫ですね。覚悟はしていたんですから。

『マードック』

ソファに座っていたウェスさんが、呼びます。

『なんだい、父さん』

『アイコも』

『はい』

二人で、向かいのソファに座ります。

『お疲れ様だったな』

『うん。父さんこそ。大丈夫かい？』

ウェスさん、微笑みます。

『大丈夫だ。この日が来ることはわかっていたんだ。遅いか早いかだけだ』

『そうだね』

『それでだ、マードック、アイコ。まだ葬儀も終わってないのに言うのも何だが早いうちがいい。お前たちは、日本に帰る準備を始めなさい』

『え？』

マードックさんと藍子、少し眼を丸くします。

『元々、母さんのために帰ってきたお前たちだ。母さんが死んでしまったんだから、もうここにいることもない』

『いや、だって父さんが』

『そうですよ。お義父さんがここにいるのに』

うん、と、頷いてウェスさん、そこにあったマガジンラックから何かを取り出しました。

『これだ』

テーブルの上を滑らせます。マードックさんと藍子が、何だろうと手にします。わたしも後ろから覗《のぞ》き込みます。

これは、何でしょう。保養施設のようなものの、パンフレットでしょうか。老人ホームみたいなものとはまた少し違いますかね。

『ヘンドリックさんのところの、施設だね』

『そうだ。一度母さんと行ったよな』

二人で頷きます。四人で行ったことがあるのですね。

『いいところでしたよね。山も湖もあって』

『そうなんだ。それで、ヘンドリックがうちに来いと言ってくれている』

『来いっていうのは、ここに住むってこと？』

『ただじゃないさ。働くんだ。死ぬまでガーデナーとしてな』

そうでした。ウェスさんのお仕事は庭師でしたね。ヘンドリックさんとは、たぶんウェスさんのお友達とか親しいお知り合いで、ここのオーナーか、あるいは偉い責任者の人か何かなのでしょう。

『雇ってくれるそうだ。そして、死ぬまで働いていいとな。動けなくなったらここにはそういう施設も病院もある。給料分を積み立てて、最期まで面倒見てくれるそうだ。随分前から来いと誘われていたんだが、母さんが、死ぬまで自分の家にいたいと言っていたんでな』

『それじゃあ』

そうだ、と、ウェスさん頷きます。

『母さんもいなくなった。残った私は、ここで生きる。ミッキーも連れて行けるから大丈夫だ。お前たちが心配する必要は何もない。それに』

ウェスさんが窓の外を見ます。わたしはたまたまそこに立っていたものですから少し驚きました。

『日本が、お前たちの国だろう。アイコはもちろんだが、マードック、お前の家ももう日本にあるんだ。ホッタ家がな。家に帰りなさい。嬉しかったよ。母さんも感謝していた。最期まで、家族と一緒にいられてな』

ウェスさんが少し眠ると言って、部屋に入っていきました。藍子とマードックさん、二人でキッチンに移動して、紅茶を飲んでいます。やっぱりあれでしょうか、日本にいるときはわりとコーヒーを飲んでいたと思うのですが、こちらに来ると紅茶になるのでしょうかね。

あのパンフレットがキッチンのテーブルに置かれています。

「いいところよね」

藍子が言います。日本語にしましたね。

「うん、いいところです。ここで、gardener としてからだがうごかなくなるまではたらけるなんて、さいこうのじょうけんですよね」

「お義父さん、決意は固そうだったわ。素直に、送り出してあげましょうよ」

マードックさん、頷きます。

「もちろん。そうすると、ここのいえをどうするかをきめないと。うっちゃって、ぼくらはにほんにかえって、ですね」

「そういうことになるわね。どちらにしても、向こうの様子も訊かなきゃならないけれど、春になるかしら」

あぁ、と、マードックさん頷きます。

「ゆうたくんと、なつきくんのいえが、できあがるんですよね。だから、〈ふじしまHouse〉があくはず」

「そうなの。たぶん大丈夫だと思うけれど、また部屋の引っ越しの相談をしないと。新学期も始まるし、ちょうどいいって言うと怒られるかもしれないけど」

「そうですね。いつ、はなしましょうか」

藍子が、少し考えました。

「明日はもう三十日よね。皆バタバタしてるだろうから、元日がいいんじゃないかしら。どっちにしろ新年の挨拶をするんだし、こっちが落ち着いたら連絡するって言ってあるし」

「そうですね。でも、あれですね。しんねんそうそうにそんなはなしは、どうなんでしょうか」

「皆が揃ってるからちょうどいいんじゃないかしら」

そうですよ。

引っ越しのことを考えるのなら、〈藤島ハウス〉にいる池沢さんも美登里さんも、元日には全員が我が家に揃うはずですからいっぺんに話ができますよ。

それにしても、藍子とマードックさんが春には帰ってきますか。

かずみちゃんがいなくなって淋しくなっていたのですが、また賑やかさが少し戻ってくることになるかもしれません。

せっかくイギリスに来たんだからと、マードックさんの家を後にして、ロンドンのニュー・スコットランドヤードにお邪魔してきました。

ちょうど〈美術骨董盗難特捜班〉にはジュンさんしかいなかったので、ちょっとお話ししてきました。まだ内緒ですけれど、春にはマードックさんと藍子が日本へ戻る予定になったということを。

それで、もしも何だったら、休暇とか取れるのであれば春に日本に遊びに来てはどうかと。そうすれば藍子もいますから、気軽に我が家に泊まることもできますよね。

ジュンさん、嬉しそうに本気で考えると言っていました。

ハンナさんのことを考えると、一緒に日本に行けるのはハンナさんが元気なうちだなと思っていたと。自分は行かなくてもいいと言われて一人でさっと行ってくるとしても、ハンナさんが一人でも大丈夫な今のうちがいいと。

ひょっとしたら、春にはジュンさんとご近所を散歩できるかもしれません。

日本に帰ってきました。

遅くなってしまいましたね。もう夜の十二時を回っていました。かんなちゃん鈴花ちゃんももういませんね。寝てしまいましたよね。居間には誰もいないのに電気が点いていると思ったら、研人が台所から出てきました。

あら、見えましたか。にっこり微笑みます。飲み物を取りに来たんですね。ちょうどそこに、紺がやってきました。座卓の上に何か資料のような本がありましたから、それを取りに戻りましたか。

「親父、大ばあちゃん見えるよ」

「うん？　そうか。あれ、ひょっとしてばあちゃん」

紺が辺りを見回してから、仏壇の前に来て座りましたね。わたしも急いで移動します。

「話せるかな。ばあちゃん、マードックさんの家に行ってきた？」

「そう、行ってきましたよ」

話せましたね。

紺とのこの会話は何年経ってもいつどんなときに話せるのか、条件がまったくわかりません。仏壇の前、というのはいつも大体そうなんですけれど。

「やっぱりか。そんな気はしていたんだよね」

「藍ちゃんもマードックさんも大丈夫だった？」

研人もやってきて会話を察して、訊きます。

「大丈夫ですよ。元気でした」

「元気だったってさ」

紺が伝えると、そうか、と、研人が頷きます。研人には聞こえないですからね。

「そう、話せるうちに言っておきますけれど、藍子とマードックさん、戻ってきますよ」

「え、そうなの？」

「後でね。藍子から話がありますよ」

あぁ、聞こえなくなりましたか。研人の視線も外れましたね。なんだかテレビ番組のCM前みたいな思わせぶりな終わり方になってしまいました。

でも、元日には連絡が来るからいいでしょう。

二

一月の一日の朝、元旦です。

皆様、明けましておめでとうございます。

どうぞ本年も〈東京バンドワゴン〉をよろしくお願いします。

静かな朝を迎えている我が家ですが、一年のうちでこんなに静かな朝は元旦ぐらいです。一年中ほとんどの朝、午前六時ぐらいから賑やかになる我が家も、この日だけは違いますね。

何せ一年に数回しかない、お店がお休みの日です。前日は大晦日。普段は居間で揃ってテレビを観ることはほとんどない我が家ですが、大晦日の番組をお菓子や年越し蕎麦《そば》を食べたり、自由にお風呂に入ったりしながら観ていました。

紅白歌合戦には、実は我南人のバンド〈LOVE TIMER〉が出たことがあるのです。今度はいつか研人のバンド〈TOKYO BANDWAGON〉が出るのかと、けっこう皆が期待していますよね。研人たちも、別にテレビに出る出ないはまったく気にしてはいないのですが、皆に揃って観てもらえるというのはちょっと良いよなと言っていました。勘一も、古い人間ですから紅白歌合戦に曾孫が出るというのは、それは喜びますよね。

藤島さんと美登里さんは、藤島さんの亡きお父様〈藤三《ふじみつ》〉さんの奥様だった弥生《やよい》さんのところに行ってますし、〈藤島ハウス〉に住んでいる増谷家と会沢家もそれぞれの部屋で年越しですが、ご飯は増谷家で皆で食べると言っていましたよ。

池沢さんも晩ご飯は我が家で一緒に食べましたが、自分の部屋に戻っていきました。かんなちゃん鈴花ちゃんは頑張って起きていたんですが、紅白歌合戦の途中で眠ってしまい、部屋に運ばれていきました。毎年そうですよね。年が明けるまで起きていられるのはもう少し先でしょうか。

お寺の多いこの辺りには、除夜の鐘の音が響きます。

年が明けると、皆で正座して頭を下げて「明けましておめでとうございます。今年もよろしくお願いします」と挨拶です。

それから仏壇にも順番に手を合わせて、勘一は神棚にもお神酒《みき》を置いて一礼です。

今年も無事に新年を迎えられたと、少しお酒を飲んだり引き続きテレビを観たり、後はそれぞれ好きに過ごします。全員が床に入ったのは午前一時か二時だったでしょう。

元日の朝、かんなちゃん鈴花ちゃんもわかっていますから、研人を起こしに行くのは遅めにします。

二人で起きてきて、まだ起こすのは早いかと時計を見て、アキやサチを庭に出してトイレをさせたり、猫とじゃれたり、皆の飲み水の入ったボウルの水を替えたりします。ちゃんと世話をしてくれますよね。

「かずみちゃん、来ないね」

「そうだね」

二人が時計を見て言いました。

そういえばそうですね。施設に行った翌年のお正月には、朝早く皆が起きる前にやってきていました。年越しも一緒にすればいいのにと言ったのですが、いろいろ手伝わされるから、お客様としてのんびりできる元旦に顔を出すと、今年も言っていました。でも、もう来るでしょうかね。せっかくですから元日の朝ご飯を一緒に食べたいですよね。

　八時になる少し前、勘一が起きてきます。亜美さんやすずみさん、他の皆もそれぞれに起きてきて、朝の支度をしたりしていますが。

「かずみ、来てねぇな」

　勘一がたくさんの元旦の新聞を座卓に置きながら言います。

「あぁ、そうだねぇ」

　我南人です。

「早く来るって言ってなかったか？」

　勘一に言われて、すずみさんが首を傾げます。

「特に時間は聞いていなかったですけど、誰か聞きましたか？」

　皆が顔を見合わせていますから、誰も聞いていないようですね。

「元日の朝には行くから、って言ってただけですよね」

　亜美さんです。

「まぁ、のんびり来るんじゃないのぉ？　もう少ししても来なかったら電話してみればいいよぉ。スマホ持ってるんだしぃ」

そう言ったところに、裏の玄関が開く音がしましたよ。

「来た？」

かんなちゃんと鈴花ちゃんが飛んでいきました。声が聞こえましたから、かずみちゃんですね。やっぱり今年はのんびりと来たのでしょう。

「はい、明けましておめでとうございます」

かずみちゃんの元気な姿が縁側に現れます。夏に一度会いましたから、五ヶ月ぶりぐらいですね。

「遅かったな」

「あんまり早く出るのもね、交通機関が大変なんだよ」

笑いながら、座って軽く頭を下げます。

「皆様、明けましておめでとうございます。本年もよろしくお願いします」

「はい、よろしくおねがいします」

かんなちゃん鈴花ちゃんが声を揃えます。

「池沢さんも誘ったんだ。もう来るよ。寄って声を掛けてきたから」

そう言うと、また玄関が開きました。どうやら池沢さんですね。これで元日の朝ご飯を一緒に食べる人は、揃いました。

朝ご飯はお雑煮とお節料理です。お正月なのですから、当然ですね。我が家のお雑煮は醤油仕立てで、角餅に鶏肉《とりにく》に小松菜が基本です。

とはいえ厳密に守らなければならないわけでもなく、それこそ〈昭爾屋〉さんから貰うお雑煮レシピで作る、違ったパターンのお雑煮を、翌日には出したりします。

何年か前に、亜美さんが食べたいと言った白味噌仕立てにあんこのお餅が入るという、香川の方のお雑煮は実に好評で、最初に作った紺がそれを作るのが定着しちゃいましたよね。きっと今年も松の内には一度作ると思います。

神棚に供えていたお神酒を勘一が開けまして、全員分のお猪口に注いでいきます。もちろん子供たちの分もです。かんなちゃん鈴花ちゃんのお猪口には香りが付く程度ですし、研人や芽莉依ちゃんは未成年なので飲ませたりはしませんが、まぁ、縁起物ですからね。研人はちゃっかり高校生ぐらいから飲んでいましたよ。

皆に回ったところで改めまして「新年明けましておめでとうございます。本年もよろしくお願いします」です。

「あぁ、お煮しめが本当に美味しい。ここのうちの味付けが好きでね」

「おもちがいっこしか入ってないな」

「あ、皿が足りなかったかしら持ってくるわ」

「冷凍ご飯ってあるよねぇぇ。僕、白いご飯でお節食べたいなぁあ」

「随分と餅が細かくなってねぇか？」

「あら、お餅半分こしましょうか」

「これ、お魚？　なに？」

「もっと餅焼く人、手を上げて」

「ひいおじいちゃんのだけ、特別です」

「お餅のお代わりはたくさんあるから大丈夫よ」

「こぶまき、うまいねぇ」

「お魚だよ」

「喉に詰まったら困るからですよ」

「おい、黄な粉あったろう、黄な粉」

「日本酒ってさぁ、どうしても美味しいって思えないんだけどね」

「他に白いご飯食べたい人はぁ。チンしちゃうよぉ」

「はい、旦那さん黄な粉です」

「まだ舌がお子様なんだよ。飲むんじゃないの」

「お子さまなんだけんとにぃ」

「お子さま」

「旦那さん、黒豆に黄な粉ですかー」

「豆に豆なんだからいいだろう。黄な粉のおはぎと同じようなもんじゃねぇか」

まぁ原材料はそうかもしれませんが、せっかくの黒豆の味が全部黄な粉になってしまいますよ。

それに、糖分の摂《と》り過ぎには本当に注意ですよ。

「かずみちゃん、その後どう。眼の方は」

花陽が訊きました。かずみちゃん、にこっと笑います。

「良くはならないよ。もうしょうがない。でも、眼が見えなくなることを考えて、毎日歩く訓練とかしているからね」

「向こうではどうですか。施設の中は」

亜美さんです。

「施設の中はね、まぁあまり行かないところはあれだけど、普段行ってるところはもうそれこそ眼を瞑《つぶ》っていたって歩いて行けるよ。心配ないよ」

もう良くはならないというのは残念ですけれど、仕方のないことですから。でも、今日だって一人でやってきたんですから、昼間ならまだ大丈夫なんでしょう。

初詣はもちろん祐円さんの〈谷日《やにち》神社〉へ皆で向かいます。

大人が急いで歩けば二分で着いてしまうぐらいにご近所にあるのですが、お寺ばっかり多いこの辺では数少ない歴史ある神社なのですよ。小さな社なのですが、歴史を繙《ひもと》けば江戸時代の書物にはもうその〈谷日神社〉という名があるとか。

ただし、いつからここにあるのかも、誰が造ったのかも、正確なところはわかっていません。鎌倉時代にこの辺りに存在していた村の産土神《うぶすながみ》が祀《まつ》られたという伝承が残っているそうなので、まぁおおよそそれぐらいなんだろうと。

初詣には羽織袴の勘一を筆頭に、男性陣もスーツなどで礼装し、女性陣は着物としていたのですが、昨年は芽莉依ちゃんが受験生ということもあり、人混みの中は長く歩かせられないし慣れない着物を着付けて風邪を引かせても困るというので、皆が普通の格好で支度して、ささっと済ませましたよね。

やっぱり、美しい着物を着られるのは嬉しい反面、非常に面倒くさいのも事実なんです。ましてや我が家は女性陣が多いので、全員が着物を着付けていては本当に時間が掛かって仕方がないですよね。

なので、今年からは着たい人着せたい人を代表して選んで、その他の人はさっと普段着で済ませることにしました。ただし、下着も含めて全部洗濯したての服で。気は心ですからね。

女性陣は芽莉依ちゃんとかんなちゃん鈴花ちゃんがお着物。芽莉依ちゃんは一昨年《おととし》初めて着物で初詣に行き、また着たいと言っていましたよね。かんなちゃん鈴花ちゃんは本人たちが着たいというので今年もそのまま。芽莉依ちゃんには花陽が着ていたお振り袖を貸してあげます。既婚者とはいえ、未成年の若者ですからいいでしょう。元々はわたしが残したものですよね。

かんなちゃん鈴花ちゃんの小さな着物はさすがにないので、七五三にも利用したレンタルです。小学校の高学年か中学生になれば、花陽が着ていたものを着られますよ。

皆で揃って初詣。

毎年一緒に行く〈はる〉さんのコウさん、真奈美さん、真幸くんも合流します。こうして皆が揃って新年の挨拶ができるということが、昨年の健康祈願が叶《かな》った証拠ですよね。健康で何事もなかったからこそ、皆で初詣ができるんですから。

勘一などは毎年のように〈天下泰平〉を願うそうですが、まぁそれも我が家の、平穏無事ではないにしても、平和な毎日に繋がる願いなのかもしれません。

＊

元日の午後には、新年の挨拶に皆がやってきます。

いちばん最初に気づくのは、やっぱりかんなちゃん。玄関が開く前に、誰かが来たってわかりますから、犬や猫並みに鼻が利いたり耳が良かったりするのではないかと思いますよね。

そうでなければ、本当に超能力者だと思ってしまいます。

「ふじしまん来るよ！」

そう言った後に、実際に玄関が開いて、藤島さんが美登里さんと一緒に入ってきました。まぁこの二人の場合は自分の家である〈藤島ハウス〉に帰ってきたとも言えるのですが。

それから、初詣もご一緒した真奈美さんとコウさんと真幸くん。コウさんは、洋風お節を作って持ってきてくれました。ちゃんと聞いていたので、予《あらかじ》めこちらで作るお節は少なくしてありました。

裕太さんと真央さんと三保子さん、夏樹さんと玲井奈ちゃんに小夜ちゃん、それに池沢さんの〈藤島ハウス〉組も、皆揃ってやってきます。新年の挨拶をして、まだ夕食には早いですが皆で一緒にコウさんの美味しいお節をつまみながら、新年会でしょうかね。何も用事がないお正月です。

お酒も飲みたい人には用意していますよ。少しですけどね。何せ飲み過ぎるといけない老人がいますので。

「〈はる〉さんは今年はいつから営業ですか？」

裕太さんが訊きます。

「三日の夜から開けますよ。新年会の予約が入っていますし、毎年その頃からお節に飽きた人が来ますからね」

笑います。そうなんですよね。たぶんどこの飲食店もそうだと思うのですが、お節に飽きた人たちが家族でやってくることが多いです。お正月は財布のヒモも緩みますしね。

「木島《きじま》さんは、来ないんですか？」

藤島さんです。

「今日は来ないって言ってたぜ。明日か明後日ゆっくり顔を出すんじゃねぇかな」

「木島さんはさ、家族で一緒に顔を出すのがめんどくさいんだよ。一人で動きたい人」

研人です。そんなこと言ってましたか。

「気持ちはわかるな。あいつはそういう奴だ」

「ねぇ花陽ちゃん、麟太郎くんは？　お正月も部屋で一人なんじゃないの？」

真奈美さんです。花陽が、うん、とちょっと顔を顰めました。

「シフトが入っているから、普通には休めないの。今日の晩ご飯の時間には来るって言ってた」

麟太郎さんは臨床検査技師です。医療関係の多くの方や、そういうシフトで働く方々はお正月もなにもないですからね。その分、他の日に休めるとはいっても大変です。

「かずみちゃん、とまるんでしょ？」

かんなちゃんが訊きました。

「今日は泊まって行くよ。明日帰るね。暗くなると本当に見えなくなっちゃうんでね。

明るいうちに戻らないと」

「明日なら、誰かに送っていかせるか」

「あ、勘一さん」

池沢さんですね。

「私、明日は新年のご挨拶に伺うところがあるんですが、ちょうどかずみさんの施設の方向なんですよ。大丈夫です。私が一緒に行ってちゃんと送ってきますから」

「お、そうですかい。そりゃちょうど良いな。助かりますぜ」

池沢さんが一緒なら、多少遅くなって暗くなっても大丈夫ですね。

夕方になって、藍子から連絡が入りました。

紺がノートパソコンを開いて、座卓の上に置きました。

本当に今の世は便利ですよね。遠く離れた外国とでも、こうして顔を見ながら話ができるのですから。自分の部屋に戻っていた研人や花陽や芽莉依ちゃんも、居間に入ってきました。

皆で、まずはメアリーさんの安らかな眠りをお祈り申し上げて、残念だったねとマードックさんに言います。

(おこころづかい、ありがとうございます)

「親父さんはどうだい。がっくり来てるんじゃねぇか」

（そうですね。でも、かくごはしていたのでだいじょうぶです）

「藍子さんもマードックさんも疲れてない？」

（もうだいじょうぶです。おそうしきはこれからですけど、じょじょにいつものかんじになっています。それでですね、みなさん。〈ふじしまHouse〉のみなさんもいますよね）

それぞれが見回します。

「皆いるぜ。どうした？」

ディスプレイの向こうで、マードックさんと藍子が顔を見合わせます。

（実は、春にそっちに帰ろうと思うの）

「え」

「お」

「そうなのか」

藍子が、お義父さんのウェスさんに言われたことを、皆に説明します。ウェスさんは知り合いの保養施設で、ガーデナーとして働いてそこにずっと住むということを。

「いい話だねぇ。最高じゃやなぁい」

我南人です。我南人は向こうでよくウェスさんとも話していましたからね。年齢もそう変わらない親同士です。

（それで、ちちがぼくたちはにほんに、じぶんのいえにかえりなさいといいまして。そして、ますたにけとあいざわけがかんせいして、〈ふじしまHouse〉があいたら、かえらせてもらおうかなと）

なるほど、と、それぞれ皆が頷きます。紺と研人は知ってましたからね。うんうんと頷いています。

「三月には完成予定です」

裕太さんが言って、夏樹さんも頷きます。

「間違いなく完成させますから、待っててください」

藍子もマードックさんも、よろしくねと微笑みます。

（それで、大家の藤島さん）

「はい」

（もう藤島さんに話す前に勝手に決めちゃっていますけれど）

藍子が言って、藤島さんがいやいや、と画面に向かって手を振りました。

「そもそもは藍子さんとマードックさんの部屋として造ったんですから。大丈夫ですよ。お待ちしています」

（美登里さんも、よろしくね）

「はい！　こちらこそ」

（皆も大丈夫よね？）

藍子が研人の方を見ましたね。

「いけるんじゃない？　部屋は管理人室も、それから美登里さんが二階に行って、前のかずみちゃんとこも空くんだから、そこに花陽ちゃんと芽莉依とオレが移れば」

「二階の空室も使えますよ。大丈夫です」

藤島さんも、頷きました。研人はちゃんと考えてましたね。

じゃあ、またね、と藍子とマードックさんがディスプレイから消えます。

「そうかよ、帰ってくるか」

勘一が少し嬉しそうに言います。

「また家庭内引っ越しだね」

そうですね。今度は〈藤島ハウス〉の中だけですから、前よりはずっと楽ですよ。

夜になりました。

年始に来られた方ももう帰ってしまって、居間には家族だけが残っていますね。お風呂に入りにいったり、テレビを観たりしてのんびりと過ごしています。

「そうかぁ」

テレビを観ていた研人が、何か思い出したように言いましたね。

「なぁにぃ」

たまたま隣にいた我南人が応えます。

「藍ちゃんたちが帰ってきたらさ、アトリエは元通りに戻さなきゃならないなぁと思って」

その通りですね。今は研人が自分の部屋と、そしてスタジオにして使っていますよね。防音もしっかりしているのでちょうど良かったのですけれど。

「〈藤島ハウス〉の中で動くとしても、またどこかスタジオとして使えるかなぁ」

「他の部屋はぁ、ちょっと壁にそういう防音材を貼らないと無理だろうねぇ。ギターとベースはヘッドホンでいいとしてもぉ、ドラムは響くからねぇ」

「そうだね。いよいよどっかのスタジオを年間契約とかするかなぁ」

そんなことを考えなきゃなりませんかね。

「まだ早いよぉ。何はともあれ、春になってから考えた方がいいねぇえ。どこでどうなるかわかんないんだからぁ」

「そうだね」

そうですよ。まだ全部が決まったわけではないんですから。

＊

お正月も二日の夜。

全員の部屋がバラバラですし、普段はあまり居間でテレビを観ることはないのですが、年末年始は違いますね。

晩ご飯が終わった後も、テレビを点けっ放しにして、お風呂の順番などを話していますの我が家のお風呂は大きいですから、大人でも二、三人は一緒に入れます。

そもそも贅沢などはできませんし、ほとんどしないで慎《つつ》ましやかに生きている堀田家ですが、水道代だけはちょっと贅沢していますね。何せこの人数全員が毎日大きなお風呂に入って、たっぷりとお湯を使っていますから。

かんなちゃんと鈴花ちゃんが、花陽と芽莉依ちゃんと一緒にお風呂に入って上がってきました。次はきっと亜美さんとすずみさんと美登里さんが一緒に入るのでしょう。藤島さんも三が日はこっちで過ごすと、のんびり紺や青と話していますよ。

女性陣は三人ぐらいで入ることが多いのですが、不思議と、男性陣はめったに三人で入ろうとしませんよね。二人で入るのです。

やはり男三人では多少狭いのでしょうね。

「うん？」

テレビを観ていた青のスマホにＬＩＮＥでも入りましたか。ディスプレイを見て、ちょっと首を捻りましたね。

「じいちゃん」

「おう、なんだ」

「池沢さんが、ちょっとお邪魔していいですかって」

「池沢さん？　いやもちろん、いいぞ？」

お正月ですし、我が家で過ごしてもいいのに池沢さんはすぐに自分の部屋へ戻ってしまいます。

ここは秋実さんの家であるから、自分がずっといていいところではない、と、以前から言ってるのですよね。

でも、〈藤島ハウス〉に引っ越してきてもう何年になりますか。鈴花ちゃんの祖母として、ずっとかんなちゃん鈴花ちゃんの面倒を見てくれたり、〈はる〉さんのところの真幸くんのベビーシッターもやり、家族の一員として過ごしてきましたよね。池沢さんがいてくれたお蔭で、どれだけいろんなことで助かったかわかりません。

古本屋やカフェだけではなく、いつでもこの家に来て、居間でご飯を食べたり皆と一緒に過ごしたりしてくれればいいとわたしは思うのですが。秋実さんだって怒ったりはしませんよ。

「どうぞ、っと」

青がＬＩＮＥを返信します。

「じいちゃんに話があるんだって」

「話？　改まってなんだい」

勘一が我南人を見ましたが、我南人は首を傾げます。

「何も聞いてないねぇえ」

普段から部屋着にしている白いハイネックのセーターにグレイの長いスカートの池沢さんが居間に入ってきました。ごくごくシンプルな普通の服装なのに、池沢さんだとそのまま撮影用の衣装に見えてしまうから不思議ですよね。

いつでもわたしたちは女優の池沢百合枝がそこにいる、と思ってしまいます。

「遅くにすみません」

「何言ってるんだい」

勘一が苦笑します。

「いつでも来ていつまでもいていいんだって、いつも言ってますぜ」

勘一に言われて、池沢さん微笑みます。

「ゆりえおばあちゃんはずっといていいんだよ？」

お正月なのでまだ起きているパジャマにカーディガンを羽織った姿の鈴花ちゃんが言い、まったく同じ格好をしているかんなちゃんも大きく頷きました。湯冷めすると駄目ですからね。靴下も厚手のものを履いていますよ。

「みんな言ってるよ！」

かんなちゃんがそう言ってぐるりと皆を見回しましたが、最後にわたしと眼が合って
しまいましたね。わたしに向かってにっこり笑ってますけれど、気をつけてくださいね。

研人もわたしを見て笑いましたから、見えてましたか。

「それなんですが」

「それ」

池沢さん、静かに頷きます。

「今日、かずみさんを私、送っていきましたが、実は元日の朝にも迎えに行ったのです
よ」

「迎えに？」

池沢さんがですか。

「かずみさん、朝食には間に合いましたが、遅くなりましたよね」

勘一も皆も頷きます。

「私に、朝、電話が入ったのです。迷ってしまったって」

「かずみが？」

迷ったのですか？

「迷ったというより、眼が見えなくなってきて自分がどこにいるかわからなくなってしまったと電話が入ったのです。皆には内緒で来てほしいと」

「え、どこにいるかわからなかったのに？」

紺が訊きます。

「そのときにはもう、通り掛かりの人を捉《つか》まえて、ここはどこですかって確認していたんですよ。間違えて、東大の方へ行ってました」

東大ですか。広いですからね。

「怖くて歩けなくなったそうで、私がタクシーで見つけてここに連れてきました。皆には知られたくないというので、フォローのため私も朝ご飯にお邪魔したのです」

それでだったのですね。池沢さんが元日の朝ご飯に初めて来てくれたことを、皆が嬉しくも不思議に思っていたのですが。

「かずみさん、眼が見えなくなってもここに帰ってくる分には大丈夫だと思っていたのですけれど、すっかり自信を失ってしまって。帰るときにも、私がたまたま年始回りで向こうに行くからって話を合わせたんです」

「そうだったのかい。いやそいつぁ、あれだ。かずみが迷惑掛けちまったな、ってのもあれだな。池沢さんもうちの家族なんだからな」

にっこりと、池沢さん頷きます。

「迷惑でも何でもありませんよ。それに、きっと私は今ではかずみさんのいちばんの仲良しだと思うんです」

あぁ、と青が頷きました。

「ずっと二人で一緒にいたからね。〈藤島ハウス〉で」

そうですよね。かずみちゃんが施設に行ってしまうまでは、池沢さんと〈藤島ハウス〉で過ごすことが多かったですからね。二人で一緒に買い物に行ったり、映画とか観に行ったりもしていましたよね。わたしは知ってましたよ。

「女優と医師。職業こそまったく違いましたが、私とかずみさんはとても似ているなって二人とも思っていたんです。自分で言うのは何か気恥ずかしく口幅ったいのですが、生き方とか、考え方とか」

そうかもしれません。ひたすら地域医療のために尽くし、医師としての信念に生きてきたかずみちゃん。映画という世界で、誰かを楽しませるためだけに演技に生きてきた池沢さん。芯の強さ、生き方の潔さ、確かによく似た二人だったのかもしれません。

勘一が、うん、と頷きます。

「確かにそうかもしれねぇな」

ひょっとしたら、かずみちゃん。あの赤い箱の中身のことも、亜美さんとすずみさんだけじゃなく、池沢さんにも話しているのでしょうか。

「それで、勘一さん、我南人さん」

池沢さんが二人に向かいます。

「私、かずみさんと一緒の施設に住もうと思います」

えっ！　と全員が思わず声を上げましたね。

「施設って、あそこに？」

青です。

「池沢さん、どこか身体が」

「いいえ」

少し笑って首を軽く横に振ります。

「私はまだどこもかしこも健康ですよ。でも、そもそもあそこは六十歳以上の人なら誰でも入居できるところです。実は何度かお邪魔して、空きがあるのはわかっていますし、施設の方とも会っているんですよ」

「いやしかし、かずみと一緒の部屋に暮らすってことかい？」

「部屋は別です。でも、毎日一緒にいて、かずみさんの眼になり、そして毎日二人でどこかへ出かけて、かずみさんが一人でも迷わないように訓練のお手伝いをします」

我南人が、小さく息を漏らしました。

池沢さんが、我南人を見て、そして青を見ます。

「本当なら、皆さんに疎んじられても仕方ないことをしてきたはずなのに、温かく迎えてもらい、家族の一員とまで思ってもらえて本当に楽しく過ごさせてもらいました。感謝しています」

「いや池沢さん」

青です。

「思う、じゃなくて家族だよ？　鈴花の本当のお祖母ちゃんで、俺だってそう呼ぶことはしなかったけど母親なんだって、俺を産んでくれた人だって思ってるよ。感謝しているよ」

青が言ったその言葉に、我南人が少し唇を動かしました。

「俺は、この家で育って、ずっと楽しく幸せで、それもこれも池沢さんが俺を産んでくれて親父に託してくれたからこそだって。わかってるよ。池沢さんと親父が、俺が幸せになることをいちばんに考えてそうしたんだって」

勘一が、小さく頷き眼を閉じます。紺も亜美さんもすずみさんも、花陽も研人も芽莉依ちゃんも事情を全部知っていますし、同じように思っているからでしょう。静かに頷いたりしています。

「ずっと、縁起でもないけど死ぬまでここで一緒に暮らしていくんだって思っていたんだけど」

「ありがとう。青さん」

池沢さんの美しい瞳が少し潤んでいます。この美しい瞳に魅了されスクリーンを観続けてきた人たちが日本中にたくさんいるんですよ。

「でも、ここは秋実さんの家。私が顔向けできるはずもない方の大切な居場所。そこに私がこんな形で一緒にいるのも本当なら許されることではない。いつか離れる日が来るとは思っていたのです。それは私が決めることだって」

かんなちゃん鈴花ちゃんもきっとちゃんとはわからないのでしょうけれど、真剣な表情でじっと池沢さんの話を聞いています。見つめています。池沢さんが、すぐ隣に座っていた鈴花ちゃんの頭をそっと撫でます。それから、その隣のかんなちゃんも。

「かずみさんが向こうに行ったときから、考えていたの。そうするのがいいんじゃないかと。私が、そうしたいんだって」

池沢さんの人生ですからね。本人が思うことを、誰かが止められるわけでもありません。

「勘一さん」

池沢さんが勘一に向き合います。

「うん」

「かずみさんは、勘一さんの妹さんのようなもの。これから私はそのかずみさんと一緒に残りの人生を生きていこうと思います。許してくださいますか？」

「許すも許さねぇもないですよ」

勘一が微笑み、背筋を伸ばし、それから頭を下げます。

「ありがてぇ話で。池沢さんがついていてくれるんなら、俺も安心してあの世に行けますぜ。まだ早いですがね。皆より先に逝く気はまったくねぇんで」

笑います。池沢さんが皆の顔を見ました。

「もちろん、まだもう少し先の話になります。春になれば藍子さんとマードックさんがイギリスから帰ってくるでしょう？　そのとき〈藤島ハウス〉に私がいなければまた部屋はひとつ自由に使えます。たとえばなんですけれどね、藤島さん」

「はい、何でしょう」

池沢さん、くるりと指を回しました。

「さっきも部屋割りの話が出ましたけれど、藍子さんとマードックさんは、以前のように二人の部屋に戻ってアトリエも元のまま。芽莉依ちゃんと研人くんは、今、美登里さんのいる部屋」

「美登里さんところ」

研人が頷きます。考えていましたものね。

「そうすると向かいの管理人室を研人くんのスタジオに使えるでしょう。そして美登里さんは藤島さんの部屋に移って、花陽ちゃんは二階の私の部屋へ。きちんと式を挙げるまで、もしくは成人するまでは研人くんと芽莉依ちゃんは別々の部屋がいいなら、芽莉依ちゃんは二階の花陽ちゃんの向かいに入ればいいの。ほら、これですっきり全部埋まるでしょう」

「なるほど、ぴったり全部収まりますね」

藤島さんも頷きます。前にも藤島さんは、管理人室はなくして研人のスタジオにしてもいいと言ってましたから。もちろん、そうなったら改装費は研人に出させますが。

池沢さん、微笑んで皆に言います。

「私は、今度はかずみさんと一緒に、盆暮れ正月にこの家に帰ってくるのを楽しみにできます。そのときには、かずみさんと二人で、この家に泊まらせていただこうと思っていますがお許し願えますか？」

「大歓迎で。いや、家族なんだから泊まっていくのなんざ当たり前ですぜ」

勘一が言って、笑いました。

＊

夜遅くまで皆が居間にいてテレビを観たりしていましたが、かんなちゃん鈴花ちゃんも眠り、皆もそれぞれ自分の部屋に戻っていきました。

居間ではアキとサチが、自分たちの座布団の上で丸くなっていましたが、ふいに顔を上げて尻尾を振ります。

勘一が入ってきましたね。仏間に来て、お線香を上げておりんを鳴らし、そしてお猪口にお酒を入れてくれました。

わたしはお酒は自分でそんなに強くないと思っているのですが、周りの人はかなりのものだって言ってました。いただきますね。でも、あなたはもう飲んじゃ駄目ですよ。お正月だからって、昼間から飲んでいますからね。

「サチよ。年が明けたぜ。明けましておめでとうはもう言ったよな」

年明け早々に聞きましたよ。

「またひとつ年寄りになるぜ。いよいよ百歳が見えて来たってか」

まだ九十にもなっていないんですから、気が早いです。

「ついこないだな、二十九日か。暮れも押し迫ったときにマードックのおふくろさんが亡くなっちまった。ああいうもんは時を選ばねぇからな。同じ国にいりゃあ、お悔やみのひとつも言いに行けたんだがな」

仕方ないですね。さすがにイギリスまですぐには行けません。

「あれだ、お前は会ったことないが、そっちでは外国の人とも会えるのかね。こればっかりは行ってみなきゃあわかんねぇんだが、まぁ初めましてって挨拶しといてくれや。そんなに遅くならねぇうちに俺も来るからってな」

本当に、どうなのでしょうね。わたしも向こうに行っていないのでわからないのですよ。でも、メアリーさんに会えるのは楽しみにしておきましょう。

「マードックと藍子も、春には帰ってくるってよ。あれだ、カフェに藍子がいないって泣いてたファンも戻ってくるんじゃないか。夜の営業も調子良いしな」

そんなにファンはいないでしょうけれど、でも、またお店が賑やかになりますよね。

「池沢さんがな、かずみのところで一緒に暮らすってよ。申し訳ねぇやらありがてぇやらでよ」

少し驚きましたよね。そんなふうになっていくなんて、わたしも思いもよりませんでした。

「しかしなぁ、池沢さんな。結局お前は池沢さんにも直接は会っていないんだよな」

そうでした。すっかり会っていた気になっていましたけれど、わたしは顔を合わせていないんですよね。

「まぁ我南人が青を連れてきたときはどうなることかと思ったし、池沢さんが母親だってわかったときにはな。おったまげたよな」

お猪口に手を伸ばしましたね。結局自分で飲むんですから、もうそれだけですよ。

「その池沢さんが、青の母さんが、我が家でお祖母ちゃんになってよ。そして今度は俺らの妹同然のかずみと一緒に暮らして最期まで歩いてくれるってよ。出会って別れてまた出会って。人生ってのは面白いな。長生きしてこそ見られる景色ってのは、本当にあるもんだ」

そうですね。でもそれも、我南人と秋実さん、かずみちゃん、池沢さんも、皆が自分たちの人生をちゃんと歩いてきたからこそですよ。

「ま、あれだ。新年早々嬉しくてよ。ますます長生きして、楽しい新しい景色ってのを見たくなってるぜ。若いのがたくさんいるから、きっとどんどんいろんなことやってくれるよな。お前のところに行くのがますます遅くなるけどよ。怒らないで、待っててくれや」

怒りませんよ。そもそもわたしはここにいますから。あなたの見る景色と同じ景色を、ずっと楽しんで見ていますから。

どうぞ、長生きしてくださいな。

何か音がしたと思ったら、誰かが階段を下りてきたようです。薄暗がりの居間に我南人の姿が見えました。そのまま仏間にやってきます。

勘一も気づきましたね。

「何でぇ、小便か？」

我南人が少し笑いながら、勘一の隣に座ります。

「年取ってくるとぉ、いろいろ変わってくるねぇ。トイレが近いとかぁ、物音ですぐに目が覚めちゃうとかさぁあ」

「そうだろうよ。俺なんざもうとっくにそんなのは乗り越えちまったぜ」

乗り越えるものでもないとは思いますよ。

我南人が、わたしの写真を見ていますね。

「おふくろと話していたぁ？　百合枝のこととかぁ」

おう、と、勘一頷きます。

「ちゃんと報告しとかなきゃよ。それも何かってぇとおめぇたちのことばっかりだ。サチも死んでからも、年寄りになった自分の息子が気になってしょうがなくてきっと困ってるぜ」

「ひょっとしたらぁ、気になってずっといるかもよぉ、その辺に」

いますよ。あなたは見えないでしょうけれど。いつか紺や研人、かんなちゃんがそのことを言う日が来るでしょうかね。ずっと来ないでしょうか。案外、わたしがここから消えたときに話に出るかもしれません。

「おめぇはあれで良かったのか。池沢さんに、何にも言わなかったけどよ」

勘一が訊きます。

本当に一言も言いませんでしたね。ただ、お互いに見つめ合っただけでした。

「わかってるからねぇえ。彼女が決めたんならぁ、そういうことだってさぁ。僕はただ頷くだけだよぉ」

「頷いて、ただ祈るのみってか」

「そうだねぇえ。僕はただのろくでなしだからさぁ、そんな男に出会ってしまった人が、幸せだったと思えるように祈るだけだよぉ」

勘一が、へっ、と苦笑いします。

「祈るって言いながら、歌ってんだろおめぇはよ」

「歌うねぇ」

「まぁいいさ。出会って別れて歌が生まれるんだろ。出会って別れて物語ができるんだ。おめぇは歌って、俺ぁ物語を売るんだ」

勘一が、お猪口に酒を注いで、一口飲み、そのまま我南人に渡しました。我南人がそれを美味しそうに飲み干します。

本当に、ただの老人二人なんですからそれ以上飲まずにさっさと寝てください。明日も早いですよ。

そうですね。出会って別れて、別れてまた出会う。

その二つの出来事の繰り返しで、人生はできあがっていくのでしょう。そこから物語が生まれて、歌が生まれていきます。

歌は世につれ、などと言いますが、世を作っていくのは人と人の出会いと別れの物語でしょう。

それぞれがそれぞれに自分の人生を生きていけば、ぶつかることもあります。誰かの幸せが、そのまま誰かの不幸になることだって、どなたかの正義が、誰かの悪になることだってあるのです。

恋とか愛がまさにそうですよね。誰かと誰かが恋をして恋人になったとしたら、それで失恋する人もいるんです。誰かの笑顔のその向こうで、誰かが涙を流すことだってあるわけです。

でも、お互いがちゃんと真面目に自分の人生を生きていれば、相手のことを慮《おもんばか》って生きていければ、たとえすれ違ってもぶつかり合っても、どこかで他の誰かを救ったり、出会わせたり、幸せな結末をもたらすことだってあるのですよ。

会うは別れの始まりで、別れは出会いの始まりです。

しっかり、ちゃんと生きていけば、いくつもの別れは出会いになり、たくさんの出会いは人生を彩ってくれます。

生きていけばこそ、ですよ。

あの頃、たくさんの涙と笑いをお茶の間に届けてくれたテレビドラマへ。

解説

小松稚奈

きっと運命だったのでしょう。

「東京バンドワゴン」シリーズの解説といえば、名だたる書店員さんが書き継いできたもの。同じ書店員でも、私にとっては遠い世界の出来事のようで、毎年一ファンとして解説を楽しみにしてきました。ところが二〇二三年秋、『グッバイ・イエロー・ブリック・ロード』を読み終えた日の夕方、事件は起きます。仕事で出向いた先で偶然、集英社の書店担当Yさんとバッタリ会い、そのまま食事に行くことになったのです。その席で「東京バンドワゴン」が大好きなこと、ちょうどシリーズの新刊を読み終えたことを伝えると、いつの間にやら、解説を書いてみないかとそんな話に。お酒も入っておりテンション高めに、「いやいやぁそんな緊張しますし、小路先生もファンの人も、書店員さんも読む文章なんて恐れ多いですし……」「でも人生でこんな機会もなかなか……」なんて堂々巡りをしていた最中《さなか》、Yさんは解説者の候補が見つかったと社内グループに連絡。翌朝、起きたときには正式に、本作『ハロー・グッドバイ』の文庫解説という大役を仰せつかっていたのです。

運命とは、きっかけとは、タイミングとは、ご縁とは、どこで待っているのか本当にわからないもので。我南人さん、これも「LOVEだねぇ」でしょうか。……サチさんみたいに、つい我南人さんに呼び掛けてしまいました。

ファンの方々にはお馴染《なじ》み、サチさんのひとり語りからはじまる冒頭が大好きです。彼女が語る四季折々の下町の様子を思い浮かべ、記憶の中にある街の香りと照らし合わせながら、てくてく道を歩くように読み進めていくと、まるで里帰りの気分です。そうやって里帰りを続けさせてもらい、早十八年が経《た》ちました。一巻目では一ページ分だった人物相関図も見開きに。なんとまぁ、ファミリーの増えたことか！　古本屋〈東京バンドワゴン〉三代目当主の勘一さんは八十八歳。ひ孫にあたる研人は結婚。ついに！　と驚いたのは、義理の父・紺さんをおとうさんと呼ぶ芽莉依ちゃんの姿。出産から見守ってきたかんなちゃんと鈴花ちゃんは小学校二年生に……なんと感慨深い。でも、これだけ登場人物が増えても、誰が誰だかわからないなんてことにはならないのが、里帰りたる所以《ゆえん》で。なかなか会えなかったとしても、大好きだから忘れないし、会えた瞬間、あっという間に記憶は不思議と戻るものですよね。

もう一つ大好きなのが、恒例の堀田家の朝食シーン。〈食事は家族揃《そろ》って賑《にぎ》やかに行うべし〉とは堀田家家訓の一つです。かんなちゃん鈴花ちゃんが大きくなって、二人による席決めがなくなったのはさみしいですが（ふじしまんはここ！　ってかわいかったんですよ）、家族＋αが集ってわいわいする朝ごはんの場面はやっぱり楽しみです。大人数の会話は最初こそ、いま誰が喋《しゃべ》ってるの?!　と頭を悩ませていましたが、いまでは誰がその言葉を発したのか、明言されていなくてもすんなりとわかるようになりました。勘一さんの天性のマリアージュにワクワクしながら、「そうくるか！」「なるほどですね、旦那さん！」と食事をご一緒させていただいております。少し話は逸《そ》れますが、堀田家には先代が集めた箸置きが相当数あるようで。かくいう私も箸置き好きでちょこちょこ集めています。大好きな物語に自分とのささやかな共通点があると嬉《うれ》しくなりますよね。似たようなものも一つ二つ持っていそうですが、本当は堀田家の愛猫愛犬たちの箸置きが欲しいな、と思っていたりします（グッズが出たら絶対買います）。

さあ、朝ごはんが終われば古本屋と〈かふぇ　あさん〉の開店です。なんと夜営業がはじまりました。営業時間は二十三時まで。嬉しい！　二十一時に会社を出ても十分間に合う時間です。しかも古本屋の帳場には、イケメン社長の藤島さんがいるらしいじゃないですか（サチさんにはずっといる必要はないと言われていましたが、カフェで心の保養、古本屋で目の保養をさせてください）。いいなぁ、あったらいいなぁ。古本屋で今まで出逢《であ》っていない本に巡り合ったり、発売を心待ちにしていた本をほくほくと抱えてカフェでほっとひと息ついたり。本を愛する人々が作った素敵なお店で帰宅前のひとときを過ごせたら、どんなにささくれだった一日だったとしても穏やかに終えることができそうですよね。

しかし、そう穏やかではいられないのが堀田家。「夏　一夜一夜にもの語る」ではお金の挟まった本が連日カフェに置き去られたり、Ｃコードの和音が響いたかと思えば、入り口にポツンとアコースティックギターが残されていたり。不思議な事件の数々は、我南人さんと古い音楽仲間・蠣崎さんとの思いがけない再会で幕を閉じます。ここで、粋でLOVEな我南人節炸裂《さくれつ》です。

「いいだろぉ？　お詫《わ》びに来たんならぁ、そんなのいらないから一曲歌っていってよぉ。僕あの歌大好きだったんだぁ」

かっこいい。ここが本当にすごくグッときて。勇気がなくずっと会いに行くこともお詫びに行くこともできなかった憧れの人が、説教どころか、誰も覚えていないとすら思っていた自分の歌を、聴きたいと言ってくれた。蠣崎さんが作った歌のタイトル通り、まさに彼の夜明けだと思ったんです。しかもその曲の始まりはＣコード。なんて心憎い演出ですか、小路先生。どんな許しの言葉より許しだったと思います。そしてその歌は世代を超えて受け継がれていく。歌は世につれ世は歌につれ。この歌がまた誰かの夜明けになりますように。

そうして出会って別れてまた出会って。お正月を迎えた「冬　ハロー・グッドバイ」

では、青の産みの親である池沢百合枝さんの決断が語られましたね。その場では言葉を交わすことなく互いに見つめ合うのみだった我南人さん。その夜、父の勘一さんと目には見えずとも見守っている母のサチさんと、親子三人、仏間で言葉を交わします。

「僕はただ頷《うなず》くだけだよぉ」

「僕はただのろくでなしだからさぁ、そんな男に出会ってしまった人が、幸せだったと思えるように祈るだけだよぉ」

そう口にする我南人さんに、勘一さんは、

「祈るって言いながら、歌ってんだろおめぇはよ」

「出会って別れて歌が生まれるんだろ。出会って別れて物語ができるんだ。おめぇは歌って、俺ぁ物語を売るんだ」

勘一さん、我南人さん、そして池沢さん。それぞれが確固たる信念を持っていて、生き方には一本の筋が通っています。そして同時に相手を敬い、信じ、お互いに踏み込もうとはしません。言葉にすれば陳腐かもしれませんが、それらをやってのけるのは、実に難しいこと。堀田家に脈々と受け継がれている心意気を感じたのがこの場面でした。

優しいんです、「東京バンドワゴン」って。

人に対してちゃんと向き合えていないときや、そうした人に図らずも接してしまったとき。あふれんばかりの優しさを持ち、「ちゃんと」が「ちゃんと」できている堀田家に会うと背筋が伸びる思いがします。心に安寧が戻り、やさぐれることなく前を向こう、またもう少し頑張ってみようという気持ちになります。人に期待しないほうがいいともいわれる昨今ですが、勘一さんなら「しゃらくせぇ」、我南人さんなら「それはLOVEじゃないねぇ」と言ってくれるはずです。

血の通ったあたたかい物語だから、ここにまた帰ってきたいと自然と思うんです。本当に「東京バンドワゴン」の皆が生きていてくれたらなぁ。他者へ惜しみなく手を差し伸べ、知識と人脈のすべてを駆使し、（これまた家訓にある通り）〈文化文明に関する些《さ》事諸問題なら、如何《いか》なる事でも万事解決〉。そして、最後に「またおいで」と手を振り合う。そんな義理と人情を尊ぶ彼らは、私の憧れでもあります。

さて、いよいよ本作を読み終えたという皆さま。つい昔のシリーズにまで遡って読みたくなってしまうのは、私だけでしょうか。「秋　どこかで誰かが君の名を」には、カフェに忘れものをしてしまった美しい顔（これが過去に繋《つな》がるヒント）の青年が登場しましたが、実は、我南人さんと亡き妻・秋実さんが出会ったきっかけが書かれている『ラブ・ミー・テンダー』とエピソードがリンクしていました（今からこのシリーズを読み始めようという読者の方には、この『ラブ・ミー・テンダー』と、サチさんと勘一さんの出会いが書かれた『マイ・ブルー・ヘブン』、そしてシリーズ一巻目の『東京バンドワゴン』の三作を推します！）。

懐かしいページを捲《めく》りつつ、「いずれ皆様にお聞かせする機会があるかもしれません」という匂わせのような一言に、いつ⁉　と胸を膨らませるのもまた一興。例えば、本作では、ロンドン警視庁のジュン・ヤマノウエさんが春に日本に遊びに来ることになるかもしれないという話が出ましたね。どんな事件が起きて、彼女のお父様と堀田家はどのように関わってくるのか。あぁ、その日が待ち遠しい。

最後になりますが、私が勤めます書店の創業は明治十二年。〈東京バンドワゴン〉の創業も同じく明治の十八年。またひとつ、ささやかな共通点です。同じ時代に本を生業《なりわい》にするもの同士、頑張っていきましょうね、堀田家の皆さん！　サチさんが言っていた「どんな本でもきっと何らかの役に立つ」の言葉通り、何かを待つ誰かのために、日々健やかに、末永く物語を届けていきましょう。

ここまで読んでくださった皆さま。解説になったのか甚だ疑問ではありますが、袖振り合うも他生の縁。ご縁のもとでのお付き合い、どうか「LOVEだねぇ」と思っていただければ幸いです。

（こまつ・わかな　書店員／うつのみや金沢百番街店）

集英社文庫

ハロー・グッドバイ　東京《とうきょう》バンドワゴン

2024年４月25日　第１刷　　定価はカバーに表示してあります。

著　者　小路幸也《しょうじゆきや》
発行者　樋口尚也
発行所　株式会社　集英社
東京都千代田区一ツ橋2-5-10　〒101-8050
電話　【編集部】03-3230-6095
【読者係】03-3230-6080
【販売部】03-3230-6393（書店専用）
印　刷　TOPPAN株式会社
製　本　TOPPAN株式会社

フォーマットデザイン　アリヤマデザインストア　　マークデザイン　居山浩二

ISBN978-4-08-744637-1 C0193